기억으로 가는 길

Cet ouvrage a bénéficié du soutien des Programmes d'aide à la publication de l'Institut français.
이 책은 프랑스 해외문화진흥원의 출판번역지원프로그램의 도움을 받아 출간되었습니다.

PATRICK MODIANO

기억으로 가는 길

Chevreuse

파트릭 모디아노 장편소설   윤석헌 옮김   레모

일러두기

1. 모든 주는 옮긴이 주입니다.
2. 원서에서 기울임체로 표기한 단어는 고딕체로, 대문자로 강조한 부분은 굵은 글씨로 표기하였습니다.

도미니크를 위하여

차례

기억으로 가는 길

'개' '암소' '코끼리'
내 기억 속에 새겨둔 명사들이 얼마나 많은지!
아주 오래전에 나는 멀리서만 그들을 알아볼 수 있었다.
얼룩말조차도.
아아, 그러나 이 모든 게 결국 무엇을 위한 것일까?

라이너 마리아 릴케

보스망스는 대화 중에 슈브뢰즈라는 지명이 나온 것을 기억했다. 그러고 나자 그해 가을도 떠올랐다. 세르주 라 투르라는 가수가 부른 노래가 라디오에 종종 흘러나왔다. 그는 작고 한적한 베트남 식당에서 그 노래를 들었다. '해골'이라 불리던 여자와 함께 있던 어느 저녁이었다.

　　　다정한 여인이여
　　　나는 당신의 꿈을 자주 꿔요…

　　그날 저녁, '해골'은 가수의 목소리와 노랫말에 감동해서 눈을 감았던 것 같다. 카운터에 있는 라디오를 늘 켜두던 그 식당은 모베르와 센 강 사이 어느 거리에 있었다.

다른 노랫말들과 다른 얼굴들, 그 시절 읽던 시구까지 그의 머릿속으로 몰려들었다. 너무도 다양한 시구절이 떠올라 일일이 헤아릴 수 없었다.

'밤색 곱슬머리…' '…샤펠 대로에서, 멋진 몽마르트와 오퇴유에서'*

오퇴유. 그에게는 기묘한 울림을 주던 지명. 오퇴유. 그런데 오십 년이 넘는 시간을 거슬러 온 기호와 모스부호들을 어떻게 다 정리할 수 있으며, 그것들에게 어떤 연결고리를 찾아줄 수 있을까?

그는 생각이 떠오를 때마다 메모했다. 대개 아침이나 늦은 오후에 적었다. 다른 이에게는 하찮아 보일 법한 디테일 하나면 충분했다. 바로 그것, 디테일. '생각'이라는 단어는 도무지 적합하지 않았다. 너무 거창하다. 푸른색 노트는 결국 수많은 디테일로 채워질 것이고, 얼핏 보기에 그것들은 서로 아무 관련이 없어 보였다. 게다가 간결하게만 적었기에 누가 읽는다 해도 이해할 수 없을 것이다.

일관성 없어 보이는 디테일이 하얀 종이에 쌓여갈수록,

* 기욤 아폴리네르의 시 〈되찾은 곱슬머리 La boucle retrouvé〉 부분

12

훗날 그가 상황을 밝혀낼 기회가 더 많아질 것이다. 그는 그렇게 확신했다. 쓸모없어 보인다고 낙담할 필요는 없었다.

오래전 그의 철학 선생은 인생의 다른 시기 – 유년기, 청소년기, 중년기, 노년기 – 는 또한 연속되는 죽음에 다름 아니라고 말했다. 그가 최대한 빠르게 메모하려 했던 추억의 파편들도 그랬다. 그는 인생의 어떤 시기의 몇 가지 이미지들이 연이어 빠르게 나타나는 것을 보았다. 이내 그것들은 망각 속으로 사라져버렸다.

슈브뢰즈. 어쩌면 이 이름이 자석처럼 다른 이름들을 끌어당길 수도 있을 것이다. 보스망스는 작은 소리로 '슈브뢰즈'를 반복해서 발음해보았다. 그런데 만일 그가 실패를 다 감을 수 있는 실을 이미 쥐고 있다면? 그렇다면 왜 슈브뢰즈일까? 물론 오랫동안 머리맡에 두었던 드 레츠 추기경의 『회고록』에 슈브뢰즈 백작부인이 나오기는 했다. 오래전 1월의 어느 일요일, 노르망디에서 돌아오는 만원 기차에서 내리며, 그는 표지가 희고 책장이 무척 얇은 그 책을 열차에 두고 내렸다. 그리고 책을 잃어버린 상실감을 무엇으로도 떨칠 수 없으리라는 사실을 깨달았다. 다음 날 아침 그는 생라자르 역으로 가서 대합실과 상점가를 뒤진 끝에 마침내 분실물 보관소를 발견했다. 카운터의 남자는 그에게 드 레츠 추기경의 『회고록』을 곧바로 돌려주었다. 전날 기차 안에서 읽던 페이지에 꽂아둔 붉은 책갈피가 선명했고, 책은 손대지 않은 상태였다.

그는 다시 잃어버릴까 봐 외투 주머니 깊이 책을 찔러넣으며 역을 나섰다. 햇살 좋은 1월의 아침이었다. 지구는 계속 돌고, 주위에는 행인들이 차분하게 걷고 있었다. 아무튼 그의 기억 속에서는 그랬다. 트리니테 성당을 지나 그가 '첫 번째 언덕들'이라고 부르던 구역의 아래쪽에 이르렀다. 이제 피갈과 몽마르트 쪽으로 올라가는 익숙한 길을 따라가기만 하면 되었다.

*

그 시절 어느 오후에 몽마르트 주변 거리에서 보스망스는 '다정한 여인'을 부른 세르주 라투르와 마주쳤다. 겨우 몇 초에 불과했던, 그의 삶에서 너무도 사소한 사건이었기에 그 만남이 기억에 남아 있다는 사실이 놀라웠다.

그런데 왜 세르주 라투르일까? 보스망스는 그에게 말을 걸지 않았다. 애당초 그에게 무슨 말을 할 수 있었겠는가? '해골'이라 불리던 친구가 다정한 여인을 흥얼거리곤 했다고? 혹시 노래 제목이 중세의 시인이자 음악가인 기욤 드 마쇼에게 영향받지 않았느냐고? 어느 해인가 폴리도르 레코드에서 앨범 석 장을 발표하기도 했지만, 그날 이후 세르주 라투르가 어떻게 되었는지는 알지 못했다. 그렇게 스치듯 만나고 얼마 되지 않아 그는 세르주 라투르가 당시 유행하던 '모로코와 스페인 이비사를 여행하고 있다'라는 이야기를 몽마르트에서 누군가에게 들었다. 떠들썩한 대화 속에서 들었던 그 말들은 영원히 정지된 채 남았고, 오십 년이 지난 오늘도 그날 저녁처럼 선명하게, 계속 익명으로 남을 어떤 이의 목소리가 다시 들려왔다. 그래, 그런데 세르주 라투르는 과연 어떻게 되었을까? 그리고 '해골'이라 불리던 그 이상한 친구는? 이 둘을 떠올리는 것만으로 보스망스는 시간의 먼지, 아니 시간의 향기에 더더욱 민감해졌다.

슈브뢰즈를 벗어나면 굽이진 길이 나오고, 가로수가 늘어선 좁은 길이 나온다. 몇 킬로미터 지나 마을 어귀가 나오고, 곧 철길이 이어졌다. 기차는 아주 드물게 다녔다. 아침 5시경 한 대가 지나갔는데, '장미 열차'라고 불렸다. 이 지역의 다양한 꽃과 묘목을 파리까지 나르기 때문이었다. 그다음 열차는 정확하게 저녁 9시 15분에 있었다. 작은 역은 흡사 버려진 것 같았다. 역 앞으로 오른쪽에는 경사진 길이 공터를 따라 나 있었고, 공터는 독퇴르퀴르젠 가로 연결되었다. 이 거리에서 조금 더 왼쪽에 그 집의 정면이 보였다.

오래된 정밀지도는 보스망스의 기억 속 거리와 일치

하지 않았다. 기억 속에서 슈브뢰즈는 지도에 표시된 것만큼 독퇴르퀴르젠 가에서 멀지 않았다. 독퇴르퀴르젠 가의 집 뒤에는 계단식 정원이 있었다. 세 단으로 이루어진 정원 제일 위의 울타리 벽에는 숲의 빈터로 난 녹슨 철문이 있고 거기에서 몇 킬로미터 떨어진 곳에 모비에르 성의 영지라 불리던 곳이 있었다. 보스망스는 종종 숲속 오솔길을 따라 꽤 멀리까지 들어가봤지만, 한 번도 성에 닿지 못했다.

장소에 대한 그의 기억과 정밀지도가 다른 까닭은 아마도 그가 생의 여러 시기에 그 지역에 여러 번 머물렀으며, 시간이 거리를 단축시켰기 때문이리라. 게다가 모비에르 성의 사냥터지기는 예전에 독퇴르퀴르젠 가에 있는 집에 살았다고도 했다. 바로 그런 이유로 그는 그 집을 국경 검문소처럼 여겼다. 독퇴르퀴르젠 가는 어떤 영토의 경계, 아니 그보다는 숲과 못, 수목, 공원 들이 있는 슈브뢰즈라는 공국의 경계를 구획했다. 그는 나름의 방식으로 구멍과 빈 공간, 그리고 이제는 존재하지 않는 마을과 작은 길들로 정밀지도를 재구성해보려 했다. 그곳으로 가는 몇 가지 경로가 서서히 떠올랐다. 그중 하나가 특히 정확해 보였다. 자동차로 이동하는 경로인데, 출발 지점은 오퇴유 시문 근처의 아파트였다. 오후 늦게, 그리고 종종 밤에 그곳에 사람들 몇이 모였다. 그 집에는 얼핏 사십 대로 보이는 남자와 그의 아들인 듯한 남자아이, 잡일을 하는 젊은 여자 가정교사가 상주해 있었다. 아이와 가정교사가 집의 안쪽 방을 사용했다.

섭오 년 후, 보스망스는 샹젤리제 거리에 있는 웜피 레스토랑의 통창을 들여다보다가 혼자 있는 늙은 남자를 발견하고 바로 그 남자라고 생각했다. 보스망스는 레스토랑에 들어가 패스트푸드점에서 다들 그렇게 하듯 그의 옆자리에 앉았다. 그에게 묻고 싶은 게 몇 가지 있었지만 별안간 기억에 구멍이 뚫렸다. 그의 이름이 떠오르지 않을 정도였다. 게다가 오퇴유의 아파트와 예전에 보스망스가 그곳에서 만났던 사람들을 암시하는 것이 그를 당황스럽게 만들지도 몰랐다. 그런데 그 아이는 어떻게 되었을까? 킴이라 불렸던 젊은 여자는? 그날 저녁, 웜피에서 보스망스는 사소한 것에 관심이 쏠렸다. 남자는 손목에 다양한 눈금이 있는 커다란 시계를 차고 있었고, 보스망스는 시계에서 눈을 떼지 못했다. 남자는 그 사실을 알아채고는, 시계 아래쪽에 있는 버튼을 눌렀다. 가벼운 소리가 났는데, 아마도 알람 소리였을 것이다. 남자가 보스망스에게 미소 지었다. 그러자 그의 미소와 시계, 그리고 알람 소리가 어린 시절 추억 하나를 떠올리게 했다.

어느 저녁 오퇴유의 아파트로 그를 데려간 이는 '해골'이었다. 그가 그녀를 알기 훨씬 전부터 그렇게 불렸는데, 그녀의 차가운 성격 때문에, 혹은 종종 과묵하고 속을 알 수 없다고 해서 붙은 별명이었다.

　그녀는 부드러운 목소리로 자신을 소개하곤 했다. "저를 '해골'이라고 불러도 돼요." 진짜 이름은 카미유였다. 그래서 그녀를 떠올릴 때마다 보스망스는 카미유라고 해야 할지 '해골'이라고 해야 할지 망설였다. 그는 카미유라는 이름이 더 좋았다.

　처음에 보스망스는 오퇴유의 아파트에서 만난 사람들을 하나로 연결하는 것이 무엇인지 제대로 이해할 수 없었다. 그들은 '통신망' 덕에 만났던가? 여럿의 목소리가 사용하지 않는 번호를 통해 가명으로 약속을 잡았다. '해골'이라 불리던 카미유는 그에게 '통신망'과 **오퇴유 15.28**이라는 사용하지 않는 전화번호 이야기를 해주었다. 그 번호가 기묘하게도 아파트의 옛 전화번호였다는 사실도. 안쪽 방에서 아이와 젊은 여자가 잠깐씩 나타났음에도 그 아파트는 사람이 살고 있지 않은 것 같았고, 약속이나 짧은 만남을 위해 사용되는 장소처럼 보였다.

크고 아주 낮은 소파 세 개가 있고, 이상하게도 이중문이 욕실 쪽으로 난 거실에 모인 사람들 중에서, 늘상 흐릿한 아파트의 불빛 때문에 그저 그림자로만 기억되는 사람들 사이에서, '해골'이라 불리는 카미유는 오랫동안 알고 지낸 것 같아 보이는 마르틴 헤이워드라는 친구를 보스망스에게 소개했다.

해가 밤 10시까지 이어졌을 어느 여름의 늦은 오후였다. 그들 셋은 아파트를 나섰다. 그 길 조금 위쪽에 마르틴 헤이워드의 차가 주차되어 있었다. '해골'이 운전대를 잡았다. 사실 이 별명은 카미유와는 어울리지 않았지만, 그녀는 음침한 기질이 느껴진다는 이유로 그 별명을 유지하고 싶어했다.

"슈브뢰즈 계곡 근처로 갈 건데 괜찮죠?" 뒷좌석 그의 옆에 앉은 마르틴 헤이워드가 그에게 말했다. "갔다 바로 돌아올 거예요."

이동하는 대부분의 시간 동안 카미유는 말이 없었다.

"슈브뢰즈 계곡이야." 늦은 오후에 카미유가 보스망스를 향해 몸을 돌리며 말했다. 마치 국경을 넘어선 것처럼 풍경이 바뀌었다. 그날 이후, 파리나 오퇴유 시문에서 출발해 매번 똑같은 경로로 이동하며, 그는 똑같은 감정을 느낄지도 몰랐다. 나뭇잎들이 그늘을 드리운 상쾌한 지대로 미끄러져 들어가는 느낌이었다. 겨울이면 슈브뢰즈 계곡에는 다른 지역보다 훨씬 많은 눈이 내렸기에 산의 좁은 도로를 따라간다고 생각하곤 했다.

'해골'이라고 불리던 카미유는 슈브뢰즈에서 몇 킬로미터 떨어진 곳에서 숲길로 들어섰다. 입구에는 '물랭드베르쾨르 호텔 겸 레스토랑'이라는, 반쯤 지워진 나무 푯말이 서 있었다. 화살표가 길을 가리켰다.

카미유는 커다란 노르망디풍 목조 건물 앞에 차를 댔다. 건물 옆에는 통창 레스토랑이 있었다. 마르틴 헤이워드가 차에서 내렸다.

"잠시 기다려요."

카미유와 보스망스는 잠시 차 안에 있었다. 하지만 마르틴 헤이워드가 바로 돌아오지 않자 그들도 차에서 내렸다.

카미유는 마르틴 헤이워드의 남편이 이 호텔 겸 레스토랑을 관리하며, 망해가고 있다고 보스망스에게 설명했다. 행정 업무가 지나치게 복잡하고 관리비와 부채도 너무 많은 데다 손님은 얼마 없을뿐더러, 어쨌든 마르틴 헤이워드의 남편은 호텔이나 전문 식당을 경영하는 사람과는 거리가 멀다는 것이다. 먼저 호텔을 폐업했고, 그다음은 레스토랑 차례였다. 그곳은 황폐한 건물에 지나지 않았다. 슈브뢰즈 계곡 깊숙한 곳에 어울리지 않게 자리 잡은 노르망디식 빌라의 분위기만 풍겼다. 레스토랑의 통창은 일부가 없었다.

보스망스는 카미유에게 헤이워드의 남편에 관해 물었지만, 그녀는 대답을 얼버무렸다. 당시 남자는 외국에 있었고, 곧 프랑스로 돌아올 터였다. 그가 없는 동안 마르틴 헤이워드는 이 방치된 커다란 건물에 혼자 있기가 힘겨웠다. 카미유는 그녀에게 남편이 돌아올 때까지 빈방 열 다섯 개 중 하나에서 자기와 함께 지내자고 제안했다. 하지만 그사이 마르틴 헤이워드는 인근에 있는 작은 집을 찾아 임차했다.

마르틴 헤이워드는 검은색 가죽 여행 가방을 들고 다시 나타났다. 가방을 현관 앞 계단에 내려놓고는 묵직한 나무 문에 대고 열쇠를 돌렸다. 물랭드베르쾨르 호텔 겸 레스토랑의 문을 영원히 폐쇄하는 임무를 띤 마지막 손님처럼.

*

카미유가 다시 운전석에 앉았다. 마르틴 헤이워드는 뒷좌석에 있는 보스망스 옆에 앉았다.

"이제 내가 길을 안내할게." 카미유가 말했다.

다시 그 길로 접어들었고, 동쪽으로 투쉬르노블까지 계속 가야 했다. 갑자기 보스망스는 이 지명이 친숙하게 여겨졌는데, 이유를 정확하게 알 수는 없었다. 비행장을 따라가며 모든 것이 분명해졌다. '투쉬르노블'이라는 지명을 보자 어린 시절 어느 일요일 관람했던 에어쇼가 떠올랐다. 아주 가까이에 있는 빌라쿠브레이 비행장에서 열린 행사가 아니었다면 그곳이 맞을 것이다. 머릿속으로 정확한 지도를 그릴 수는 없었지만, 그에게 두 개의 비행장은 슈브뢰즈 계곡의 경계였다. 게다가 투쉬르노블을 지나자 햇빛이 달라졌다. 슈브뢰즈 계곡을 뒤로하고 다른 지역으로 들어섰다.

"조금만 더 돌아서 파리로 갈게요." 사과라도 하듯 마르틴 헤이워드가 그에게 말했다.

그들은 뷔크에 도착했다. 보스망스는 충격에 휩싸였다. 그가 잊고 있던 지명, 그토록 짧고 분명한 그 이름이 갑자기 그를 긴 잠에서 깨운 것 같았다. 그는 자신이 여기에 살았었다고 털어놓고 싶었지만, 그들에겐 상관없어 보였다.

다음 마을 어귀에서 보스망스는 곧바로 시청 건물과 건널목을 알아봤다. '해골'은 건널목을 지나 성당 광장까지 대로를 따라갔다. 성당 앞에서 차를 멈췄다. 어린 시절 크리스마스 밤에 보스망스가 성가대에 참여했던 성당이었다. 마르틴 헤이워드는 차를 돌려서 철길을 따라가는 것이 낫지 않겠냐고 했다. 그녀가 말했듯 기차역과 그 앞에 있는 길은 결국 만날 것이다.

공원은 철길을 따라 있었다. 시멘트로 된 건널목 차단기며 길과 공원을 나누던 잡목들도 여전했다. 보스망스는 마치 어린 시절을 다시 경험하듯 십오 년 전으로 되돌아왔다. 하지만 공원은 그의 기억 속 공원, 여름방학 동안 밤이면 누군가가 그를 데려가서 놀던 공원보다 훨씬 작았다. 역도 작게만 보였고, 황폐한 역사驛舍의 정면은 세월을 짐작하게 했다.

카미유는 차를 경사진 길로 몰았다. 보스망스는 가슴이 두근거렸다. 잔다르크 학교의 친구들과 함께 길을 잃을 때까지 숲속 깊이 들어가던 시절에 그랬던 것처럼, 왼편의 황무지는 여전히 '원시림'이라고 불러도 될 정도였다. 초목은 훨씬 더 울창했다.

카미유는 독퇴르퀴르젠 가 한편에 차를 세웠다. 검은 블라우스를 입은 여자가 38번지의 철문과 철책 앞에서 기다리고 있었다. 마르틴 헤이워드는 여자에게 손짓으로 인사하고 그쪽으로 걸어갔다. 여자는 팔에 서류를 끼고 있었다. 이번에는 카미유가 차에서 내렸고, 보스망스는 뒷자석에 그대로 앉아 있었다. 그런데 그 여자가 손가방에서 열쇠 꾸러미를 꺼내 철문을 여는 것을 보자, 그쪽으로 가야겠다는 생각이 들었다. 그런 식으로 의혹을 떨쳤을 수도 있었을 것이다. 그는 '의혹을 떨치다'라는 표현을 속으로 반복해서 말했다. 그 표현이 정말로 의미하는 것을 이해하기 위해, 그리고 어쩌면 용기를 내기 위해.

마르틴 헤이워드는 그를 검은 블라우스를 입은 여자에게 소개했다. "친구인 장 보스망스예요." 그리고 카미유는 미소를 지으며 그를 향해 고개를 돌렸다. "부동산 중개인이에요." 그토록 많은 시간이 흐르고 난 후 이 집 앞에 서 있으려니 그는 살짝 당혹스러웠다.

그는 그들을 따라 현관 앞 계단까지 갔다. 검은 블라우스를 입은 여자는 열쇠를 돌려 십오 년 동안 변하지 않은 현관문을 열었다. 문은 여전히 옅은 파란색이었고, 중앙에는 금빛 철제 홈으로 된 우편함이 있었다. 여자는 카미유와 마르틴 헤이워드가 지나갈 수 있도록 떨어져 섰다. 그리고 보스망스도 들어갈 수 있도록. 그는 잠시 머뭇거리다가 밖에서 기다리겠다고 했다.

그러고 나서 그는 집 앞, 길의 반대편에서 다시금 혼자가 되었다. 저녁 7시가 다 된 시간이었다. 폐허가 된 성 주변의 무성한 풀들이 자란 커다란 공터에서 놀다가 그 길을 따라 집으로 돌아가던 그 여름의 저물녘처럼 햇살이 꽤 강렬했다. 그 시절 늦은 오후, 주위는 칠흑같이 고요해서 인도를 걸어가는 샌들의 딸깍 소리만 규칙적으로 들렸다.

그는 똑같은 햇빛 아래, 똑같은 침묵속으로 돌아왔다. 집 안에 있는 세 사람에게 가고 싶었겠지만, 차마 용기가 나지 않았다. 왼쪽 커다란 문 뒤로 지금도 수양버들이 있는지 확인하기 위해 경사진 오솔길을 따라 몇 걸음 걸어보고도 싶었다. 하지만 그는 버려진 마을을 목적 없이 걷기

보다 움직이지 않고 기다리는 편을 택했다. 그러고 나서 마치 예전에 살았던 어떤 장소의 꿈을 꾸듯, 자신이 꿈을 꾸고 있다고 믿고 말았다. 그 꿈은 다행히도 그가 원하는 순간에 멈출 수 있었다.

검은 블라우스를 입은 여자가 앞장서서 셋이 집 밖으로 나왔다. 보스망스는 갑작스럽게 불안해졌다. 왜냐하면 그는 경찰의 가택수색의 마지막 장면을 목격했고, 그들은 그가 그 집에 살았다는 사실을 몰랐으니까. 그들이 알았다면 설명을 요구했을 것이다. 카미유는 미소 지으며 손짓하고 있었다. 흔히 있는 임차할 집을 보러 간 것뿐이다. 예전과 같은 집은 아니었다. 내벽을 허물어 방 배치를 바꾸고 벽을 다른 색으로 칠했을 것이다. 이제 그 집에 그의 흔적은 어디에도 남아 있지 않았다.

검은 블라우스를 입은 여자가 길 한쪽에 주차한 자동차가 있는 곳까지 동행했다. 여자는 서류와 열쇠 꾸러미를 마르틴 헤이워드에게 내밀었고, 각각의 문에 맞는 열쇠를 알려주었다. 새 열쇠들은 오래전에 사용하던 것들보다 작았다. 그래서 새 열쇠로는 옛날 문을 열 수 없다. 옛 열쇠들은 분실되었다. '해골'과 마르틴 헤이워드 그리고 검은 블라우스를 입은 여자는 그런 사실에 대해 아무것도 알 수 없었을 것이다.

*

　돌아오는 길에 카미유가 다시 운전대를 잡았다. 카미유는 그 집과 집의 여러 방에 대해 이야기했다. 마르틴 헤이워드는 '침실'이 다른 방에 비해 넓다는 이유로 1층에 자리를 잡아야 할지 망설였다. 보스망스는 1층에 방이 있었는지 기억나지 않았다. 현관문을 열면 복도가 있었다. 복도 끝에는 계단이. 오른쪽으로 거실과 밖으로 튀어나온 창. 왼쪽으로는 식당. 둘은 집 뒤쪽에 있는 세 개의 계단식 정원에 대해서도 이야기했다. 그러니까 정원은 그대로인 모양이었다. 그런데 작은 뜰에 있던 우물은? 그리고 정원 첫 단에 있던 귀로탱 박사의 무덤은? 그는 갑자기 그들에게 질문을 하고 싶었지만 아무 말도 하지 않으려고 애썼다. 그가 그 집에 살았었다는 사실을 알게 되면 그들이 어떤 식으로 반응할까? 그런데 왜 그들이 그 사실을 중요하게 생각하겠는가? 이건 정말이지 별일이 아니었다. 보스망스를 제외하고.

　그들은 다른 길로 돌아갔다. 슈브뢰즈 계곡을 지나지 않고 빌라쿠브레이 비행장을 따라가는 좁은 도로였다. 십오 년 전에는 그에게 너무나도 친숙했던 길이었기에, 자동차로, 버스로, 나중에 기숙사를 가출했을 때는 걸어서도 오가던 길이었기에, 정확하게 무어라 정의할 수는 없지만 모든 것이 다시 시작되는 느낌을 받았다. 그의 인생에서 새로운 것은 결코 없을 것이다. 그런데 그가 처음으로 느낀 불안은 프티클라마르에 도착하자 이미 사라져버렸다.

"당신도 우리와 함께 집을 보지 그랬어요." 마르틴 헤이워드가 그에게 말했다. "카미유, 너도 그렇게 생각하지?"

"맞아, 왜 네가 길에 그렇게 혼자 있었는지 이해가 안 돼."

그토록 오랜 시간이 흘렀음에도, 카미유가 부드럽고 단조롭게 말하는 소리가 여전히 들리는 듯했다. 그는 그 문장을 정확하게 기억했다. "왜 네가 길에 그렇게 혼자 있었는지 이해가 안 돼." 그 말들은 그 순간에는 별다른 영향을 주지 않았겠지만, 그 울림은 그의 기억 속에서 퍼져나갔다. 그 말들은 그가 어린 시절부터 지녀왔으며 한참 시간이 흐른 오늘날에도 지니고 있을 어떤 태도, 아니 그보다는 존재 방식에 부합했다.

보스망스는 마르틴 헤이워드에게도, 카미유에게도 대

답할 말이 없었다. 그리고 적어도 그 순간만큼은 마르틴 헤이워드가 이상한 눈으로 그를 빤히 쳐다봤다는 생각이 들었다. 마르틴 헤이워드는 둘이 앉아 있는 좌석 사이에 검은 블라우스 여자가 건넨 서류를 놓아두었다. 불로뉴에서 카미유는 신호를 지키려고 갑작스럽게 브레이크를 밟았다. 뒷좌석에서 서류가 와르르 떨어졌고 종이가 흩어졌다. 그는 종이를 한 장씩 주운 다음, 쪽번호에 따라 순서대로 정리했다. 그는 그 서류가 목록이 포함된 임대계약서라는 것을 알았다. 첫 페이지에는 공인중개소 상호와 검은 블라우스 여자임에 틀림없을 대표 이름이 적혀 있었다. 그런데 그 페이지에 적힌 다른 이름을 보고 소스라치게 놀랐다. **로즈마리 크라웰**. 집주인의 이름이었다. 그러니까 그녀는 지금도 살아 있고, 여전히 그 집을 소유하고 있는 것이다. 그 사실을 확인하자 그는 너무 혼란스러워서 그들에게 그 이야기를 하고 싶었을 것이다. 하지만 정확하게 뭐라고 말할 수 있었을까? 그리고 그들이 무슨 이유로 관심을 갖겠는가?

그는 서류를 정리한 후, 빨간색 파일을 마르틴 헤이워드에게 내밀었다. 그녀는 고맙다고 말했지만, 다시 이상한 시선으로 그를 뚫어져라 바라봤다.

"당신, 집주인을 알아요?" 보스망스가 불쑥 그녀에게 물었다.

그러고는 마치 침착하지 못했다고 자책하는 사람처럼 곧바로 후회했다.

"집주인요? 아니, 왜요?"

마르틴 헤이워드는 그에게 퉁명스럽게 말했다. 그의 질문이 그녀를 불편하게 만든 것 같았다.

"르네마르코가 집주인을 알 것 같은데." '해골'이 말했다. "르네마르코 친구라고 했던 것 같아."

"네 말이 맞을 거야. 어쨌든 르네마르코가 그 공인중개소를 알려줬으니까."

그러고 나서 셋은 한참 동안 말없이 있었고, 그는 침묵을 깨려고 해봤지만 할 말을 찾지 못했다. 차는 불로뉴와 오퇴유 경계인 몰리토르 시문에서 멈췄고 보스망스는 자신이 여기에서 태어났다는 사실이 기억났다. 일주일 전, 그는 출생증명서 사본이 필요해서 불로뉴빌랑쿠르 시청에 갔었다. 최근 며칠 사이 과거가 그에게 오고 있었다. 오랫동안 잊고 있던 과거가. 오퇴유에서 카미유는 아파트가 3층 혹은 4층에 있던 건물 바로 앞에 차를 댔다. 저녁 아홉시 무렵이었지만, 아직 해가 있었다. 두 여자는 차에서 내릴지 망설이는 것 같았다.

　"르네마르코 집에서 잘 거야?"

　"응." 마르틴 헤이워드가 답했다.

　그러니까 아파트가 르네마르코라는 자의 소유였던 걸까? 분명 사십 대로 보이는 남자였는데, 보스망스는 그가 안쪽 방을 사용하던 아이의 아버지였음을 후에 알게 될 것이다.

　"그러면 오늘 밤엔 너랑 있을게." 카미유가 마르틴 헤이워드에게 말했다.

　그녀가 자동차 트렁크를 열었고, 그는 마르틴 헤이워드의 검은 여행 가방을 꺼냈다. 그러고 나서 그들은 건물로 들어갔다. 카미유는 갑자기 층과 층 사이에서 멈출까 봐 엘리베이터 타는 것을 무서워했다. 자주 꾸는 꿈이라고, 차라리 악몽에 가깝다고 그녀가 말했었다. 그래서 카미유는 오퇴유 아파트의 오래되고 두 짝의 유리문이 있는 몹시 느린 엘리베이터를 미심쩍어했다. 아파트 앞에서 카미유가 물었다.

　"우리와 같이 갈래?"

　"아니, 오늘 저녁은 안 돼."

　그리고 르네마르코라는 자가 문을 열었을 때, 보스망스

는 웅성거리는 대화 소리를 들었고 거실 안쪽에서 몇몇 실루엣을 알아보기까지 했다. 그는 살짝 뒤로 물러서며 마르틴 헤이워드의 가방을 카미유에게 건넸다.

"같이 있지 못해서 아쉽네요." 마르틴 헤이워드가 고집스럽게 힘주어 악수하며 그에게 말했다. "다른 날 저녁에는 어때요?"

그러고 나자 '해골'은 보스망스에게 아이러니한 미소를 지었다. 두 여자와 르네마르코라는 사람 쪽으로 문이 닫혔다. 보스망스는 안도의 한숨을 내쉬고는 급히 계단을 달려 내려가 마침내 자유로운 공기를 마셨다. 밤이 내렸고 그는 오퇴유의 거리를 무작정 걸었다. 그제서야 그들과 그 집을 보지 않은 것을 후회했다. 그랬다면 검은 블라우스 여자에게 질문할 수 있었을 텐데. 언뜻 대수롭지 않게 들리는 질문이지만, 그 대답이 그에게 무언가를 알려줄 수도 있었을 텐데. 만일 르네마르코라는 자가 로즈마리 크라웰을 알았다면, 그 여자도 오퇴유의 아파트를 들락거렸을까? 그는 그 거실에서, 실루엣으로만 인식되던 이들 사이에서 그녀가 움직이는 것을 분명 보았다. 하지만 '해골'은 거기에 있는 대부분의 사람들은 그곳에서 난생처음 만났으며, 상당히 의심스러운 이들이라고 농담조로 말했다.

그는 로즈마르 크라웰에 대해 아주 어렴풋한 어린 시절의 기억을 갖고 있었다. 그 시절 그녀는 종종 독퇴르퀴르젠 가의 집에서 며칠을 보냈고, 그때마다 2층의 큰 방을 썼는데, 그녀가 없을 때는 비어 있던 방이다. 그는 마르틴 헤이워드가 로즈마리 크라웰을 만날 수 있었을까 생각해 보았다. 마르틴 헤이워드는 그를 이상한 눈빛으로 바라봤고, "집주인을 알아요?"라는 그의 질문에 통명스럽게 답했다.

생각해보면, 그는 조금 전에 카미유와 마르틴 헤이워드와 헤어지지 말고, 아파트 거실에 모여 있는 사람들에 대해 더 많이 알아보았어야 했다. 그들의 이름만 알게 되더라도.

그는 미셸앙주 가를 따라 걷다가 이미 테이블 위로 의자들을 올려서 정리한 카페로 들어갔다. 그는 전화를 걸 수 있는 코인을 요청하고 카미유가 알려준 '통신망'의 번호를 눌렀다. **오퇴유 15.28.** 카미유는 그것이 아파트의 옛 전화번호라고 설명했다. 남자들과 여자들의 목소리가 서로 대답했다. 카발리에 블루가 알시비아드에게 전화를 건다. 와그램 대로 133번지, 4층. 폴은 루이 뒤 피아크르의 집에서 그날 저녁 앙리를 만날 것이다. 자클린과 실비가

36

샤젤 가 27번지 마로니에 부부의 집에서 당신을 기다립니다…. 멀리서 들리는 목소리들, 대개 지직거리는 소리에 가린, 그에게는 무덤 저편에서 들리는 듯한 목소리들. 수화기를 내려놓고야, 조금 전에 그 건물에서 나와서 자유로운 공기를 다시 느꼈을 때처럼 그는 마음이 놓였다.

어쩌면 조금 전 전화기에서 들리는 다른 목소리들 중에서, 보스망스는 분간하지 못했겠지만, 로즈마리 크라웰의 목소리를 들었을 수도 있다. 십오 년 만에 처음으로 그 이름이 그를 사로잡았다. 그리고 그 이름은 그가 독퇴르퀴르젤 가의 집에서 보았던 다른 인물들에 대한 기억으로 이끌 것이다. 그들에 대한 기억은 오랫동안 동면해왔다. 하지만 이제 이렇게 끝나버렸다. 유령들은 밝은 대낮에 다시 나타나는 것을 두려워하지 않았다. 누가 알겠는가? 그 후 몇 해 동안 그 유령들이 협박범처럼 자신의 존재를 알리러 다시 올 수 있으리라는 것을. 누구도 과거를 바로잡기 위해 다시 살 수 없기에, 유령들을 완전히 무해하게 만들고 그들과 거리를 유지하는 최선의 방책은 그들을 소설 속 인물로 만들어버리는 것일 터였다.

그날 저녁 보스망스는 유령들이 다시 돌아온 것에 대한 책임을 카미유와 마르틴 헤이워드에게 돌렸다. 그들이 독퇴르퀴르젠 가의 집을 방문한 것은 우연이었을까? 마르틴 헤이워드의 이름도 적혀 있을 임대 계약서의 첫 페이지에 분명하게 쓰인 로즈마리 크라웰이라는 이름과 그들 사이에는 아무리 보잘것없다 해도 분명 관계가 있을 것이다. 하지만 이 모든 것은 중요하지 않았다. 게다가 그가 독 퇴르퀴르젠 가에 살던 아이였을 때는 주변 사람들에 대해 결코 의문을 품지 않고, 그들 사이에서 그가 했던 것을 이해하려고 하지도 않았다. 십오 년이 지나고 나니, 오히려 그들이야말로 그를 경계했어야 했다. 그들은 그가 말하자면 목격자, 심지어 성가신 목격자였다고 생각할 수 있었다. 그러자 그는 샤이요궁에 있는 시네마테크에서 보았던 〈아이들이 우리를 보고 있어〉라는 이탈리아 영화 제목이 떠올랐다.

그는 45분 정도 오퇴유 구역을 통과해서 경계까지 센 강을 따라 걷다가, 발길을 되돌리고 있다는 사실도 자각하지 못했다. 이제 밤이었다. 그는 좁은 길을 따라 걸었고, 카미유와 마르틴 헤이워드와 문 앞까지 동행했던 르네마르코라는 자의 아파트에 아주 가까이 왔다. 그는 카미유가 층 사이에서 멈출까 봐 두려워했던 아주 느리게 작동하는 유리문 두 짝이 달린 엘리베이터를 타야 할지 고민했다.

그는 의혹을 풀고 싶었다. **오퇴유 15.28**은 카미유가 설명한 것처럼 정말로 사용하지 않는 번호일까? 아니면 여전히 그 아파트의 전화번호일까? 그리고 **오퇴유 15.28** 번을 누른 후에 그가 들었던 어떤 목소리들, 무덤 저편에서 온 듯한 목소리들은 거실에서 그가 보았던 사람들의 것이었을까? 처음으로 카미유가 그를 데려갔을 때, 어쩌면 그는 로제마리 크라웰을 마주쳤을지도 모른다. 십오 년의 세월이 흘렀건만 그들은 서로를 알아볼 수 있었을까? 밤 10시, 유령들이 거실의 넓고 낮은 소파에 모이는 시간이다.

어느 이른 오후, 보스망스는 그 아파트의 초인종을 누르기로 마음먹었다. 상황을 분명히 하길 바랐다면 – 이 표현은 그가 '해골'이라 불리던 카미유와 마르틴 헤이워드와 독퇴르퀴르젠 가의 집까지 갔던 날 떠올랐다 – 그는 밤이 내릴 무렵 거실에서 어울렸던 익명의 그림자들 속에서가 아니라, 한낮에 그 아파트가 어떤 모습인지를 보아야 했다.

알맞은 햇살이 내리쬐는 오후였다. 4월의 햇살을 받은 행인들의 실루엣과 나뭇잎, 인도, 건물의 정면 들이 파란 하늘 아래 선명하게 부각되었다. 마치 아주 작은 먼지와 흐릿한 것들을 떨쳐내려고 물로 씻어낸 것처럼. 그는 그때까지 카미유 때문에 한 번도 타지 못했던 엘리베이터를 탔다. 보스망스는 붉은 벨벳이 깔린 의자에 앉아 이 느리고 부드러운 상승이 영원히 이어지기를 바랐다. 그랬다면 그는 눈을 감았을 테고, 더는 어떤 근심도 느끼지 못했을 것이다.

그는 몹시 두려워하며 초인종을 세 번 눌렀다. 그 시간에 아파트에는 사람이 없을 것이다. 무엇도 침묵을 깨지 못했다. 건물이 황량하게 여겨지기까지 했다. 다시 초인종을 세 번 눌렀다. 그러자 발소리가 들렸다. 어느 저녁, 아이의 손을 잡고 복도를 따라 멀어지던 그 여자가 문을 열었다. 처음 방문했던 날이었고, 한번은 그 남자아이와 함께 있는 여자를 현관에서 마주치기도 했다. '해골'이 이렇게 말했다. "르네마르코의 아들과 보모야."

"제가 너무 일찍 온 것 같네요." 초인종을 누르기 전에 만약을 대비해 준비해둔 문장을 그는 무덤덤하게 발음했다.

그런데 그 여자는 전혀 놀라지 않았다. 그녀는 문을 다시 닫고, 마치 병원이나 치과의 대기실이라도 되는 것처럼 그를 거실까지 안내했다.

"앉으세요."

그녀는 그에게 큰 소파 하나를 가리키고 자신도 그의 옆에 앉았다. 소파 위에는 잡지가 쌓여 있었다. 그중 한 권이 펼쳐져 있었다.

"아이가 낮잠을 자는 동안 읽고 있었어요."

자연스러운 어조로 그녀가 말했다. 그가 아이의 존재를 알고 있다고 생각했던 걸까?

"저녁과 밤에 너무 소란스럽지는 않나요?"

"전혀요, 절대 그렇지 않아요. 우리가 있는 방과 거실 사이에 있는 복도가 길어서요. 아이는 언제든 아주 잘 자고요."

그녀는 아주 차분하게 그의 눈을 똑바로 바라보며 대답했다.

"그렇다니 안심이네요."

그녀가 살짝 미소를 지었다. 스무 살 언저리인 그와 비슷한 나이였을 것이다. 그녀는 그의 등장을 놀라워하지 않았고, 그렇게 이른 오후에 아파트 초인종을 누른 이유를 알고 싶어하는 것 같지도 않았다.

"제가 약속도 없이 왔네요. 르네마르코 씨를 뵙고 요청드릴 게 있어서요."

그 남자의 성姓을 몰랐기에 그냥 르네마르코 씨라고 말해야 할 것 같았다.

"에리포르 씨 말인가요?"

그녀는 돌연 학생의 프랑스어를 고쳐주는 선생처럼 배려심을 보였다. 그녀의 나이 탓인지 보스망스는 이런 모습에 상당한 매력을 느꼈다.

"네, 당연하죠. 르네마르코 에리포르 씨 이야기를 한 겁니다."

그는 주변을 둘러보았다. 거실은 저녁과 밤시간의 모습과는 딴판이었다. 옅은 색 소파들, 밤나무 잎 쪽으로 살짝 열린 창문, 벽에 드리운 햇살 자국, 그리고 그의 옆에 앉아 상체를 꼿꼿이 세우고 팔짱을 낀 젊은 여자가 있는 밝고 커다란 공간. 그는 층을 헷갈린 것이 틀림없었다.

"에리포르 씨는 늘 아주 늦게 들어와요. 저는 종일 아이와 단둘이 있어요."

"르네마르코 에리포르 씨의 아들 말인가요?"

다른 인물과 혼동하지 않고 확실하게 하기 위해 그는 성에 이름을 붙여서 말하지 않을 수 없었다.

"맞아요."

"여기에서 오랫동안 일했나요?"

"이년요."

그녀는 어떤 질문에도 놀라지 않았다. 심지어 낯선 이가

43

묻는 질문임에도.

"오기 전에 전화를 해보려고 했는데, 전화번호가 이제 맞지 않나 봐요."

그는 거짓말을 한 것이 수치스러웠지만, 어쨌든 대수롭지 않은 거짓말이었다.

"몇 번으로 거셨어요?"

"**오퇴유 15.28**요."

"아니에요. 이제 전화번호는 일곱 자리예요."

그녀는 그를 놀란 눈으로 쳐다봤다. 분명 그를 이상한 사람으로 여기는 것 같았다.

"원하시면 이따가 정확한 전화번호를 알려드릴게요."

그녀가 이 정도로 호의를 보이자, 그는 다른 질문을 해도 되겠다는 생각이 들었다.

"그러면 당신은 밤마다 여기에 오는 사람 대부분을 아나요?"

이번에는 대답하기까지 약간 망설였다.

"저랑 상관없는 일인데요."

그녀는 말을 덧붙여보려고 애썼다.

"제 생각에는 에리포르 씨와 관계있는 사람들 같아요."

어떤 의미에서 '관계'라고 말했을까?

"그런데 선생님도 에리포르 씨의 친구가 아닌가요?"

그녀는 그 사실을 의심하는 것 같았다. 아마도 그가 에리포르 씨의 동년배가 아니어서 그랬을지도 모른다. '해골'이 여기에 그를 데리고 왔던 몇 번 안 되는 저녁에 만났던 이들도 다들 그보다 나이가 많았다.

"친구가 에리포르 씨를 소개해줬어요. 카미유 뤼카라고, 아시죠?"

"아니요, 처음 들어요."

"카미유 뤼카의 친구가 여기 자주 오지 않나요? 마르틴 헤이워드라고."

"저는 저녁에 사람들과 몇 번 스쳤을 뿐이에요. 아이의 저녁을 준비할 때요. 하지만 그 사람들 이름은 몰라요. 오늘 저녁에 에리포르 씨가 돌아오면, 선생님이 오셨었다고 말씀드릴게요."

둘 사이에 잠시 침묵이 흘렀다. 어쩌면 그녀는 그가 가주기를 기다렸던 것 같다. 그는 시간을 벌기 위해서 할 말을 찾았다.

"아이는 몇 시까지 낮잠을 자나요?"

"3시 반요. 그러고 나면 저는 아이를 데리고 종종 오퇴유 농장에 간식을 먹으러 가요."

오퇴유 농장. 경마장 근처에 있는 그 장소가 그에게 어린 시절 추억을 떠올리게 했다. 나뭇잎 아래의 야외 레스토랑 하나. 정원 한구석에는 암소 몇 마리가 풀을 뜯는 외양간. 좀 더 멀리 조랑말 한 마리. 그의 기억 속에서 오퇴유 농장은 슈브뢰즈 계곡과 독퇴르퀴르젠 가, 그리고 그가 태어난 몰리토르 시문 구역에서 아주 가까웠다. 이곳들 모두 비밀스런 지역을 이루고 있었다. 정밀지도나 파리 지도를 아무리 들이민들 그렇지 않다는 사실은 증명할 수는 없을 것이다.

"맞아요… 정말 좋은 생각이네요. 오퇴유 농장이라니."

"이 동네에 사시나요?"

그는 그녀가 이 질문을 예의상 한 것인지 호기심 때문에 한 것인지 알 수 없었다.

"네, 여기서 아주 가까운 곳에 살아요. 걸어서 왔어요."

그는 거짓말을 했지만, 내일부터 이 동네에 임차할 방을 찾을 것이다.

"그런데 에리포르 씨는 오랫동안 여기 살았나요?"

그녀는 대답을 주저했다.

"친구분이 이 집을 빌려준걸로 알고 있어요."

그는 다른 질문들을 했어야 했던 걸까? 여자는 결국 경

계하게 될 것이다. 하지만 어쨌든 그는 위험을 감수해야
했다.

"그런데 아이의 엄마는요?"

분명 이 질문은 지나쳤다.

그녀는 잠시 불편해하더니 눈을 내리깔며 대답했다.

"저도 몰라요…. 한 번도 본 적이 없어요. 에리포르 씨도
아이 엄마에 대해 전혀 이야기하지 않았고요…."

그는 불편한 분위기에서 벗어나려고 이야깃거리를 찾
았다. 그는 둘 사이에 놓여 있던 잡지 더미에 손을 올렸다.

"여기 이 잡지를 전부 읽었나요?"

하지만 그녀는 그 말을 듣지 못했다. 다른 생각에 잠겨
있었다.

"에리포르 씨에게 그의 부인에 대한 이야기를 꺼낼 수
조차 없어요…. 아마 돌아가신 모양이에요."

그녀는 마치 그의 존재를 잊고 혼잣말을 하는 것 같았
다. 그러고 나서 그녀는 그에게 고개를 돌렸다.

"좀 더 계시다 가셔도 됩니다…. 아이는 3시 반에나 일
어나니까요…."

그녀는 어쩌면 혼자 남기 싫었던 것 같았다. 한적한 아
파트에서 매일 아침과 오후에 이렇게 있었을 것이다. 창문

하나가 살짝 열려 있지만, 길에는 자동차 한 대 지나가지 않았다. 그리고 너무 고요해서 나뭇잎이 살랑거리는 소리까지 들렸다. 늦은 저녁에 모여든 사람들은 동틀 무렵이라고 부르는 시간에 아파트를 떠났다. 그 시간이 지나면 집 안쪽 방에 여자와 아이만 남았다.

"물론이죠…. 시간 많아요…. 그리고 당신과 함께 있는 것은 제게 기쁨입니다."

그에게서 빠져나간 이 문장들은 연극의 마지막 대사, 혹은 그가 그녀에게 암송했을 법한 시의 마지막 구절처럼 다소 거창하고 멋을 부린 것 같았다. 하지만 그렇지 않았다. 언뜻 보기에, 그녀는 놀라는 눈치는 아니었다. 게다가 변함없는 어조로 그에게 말했다.

"정말 친절하세요…. 고맙습니다…."

그녀는 손목시계를 보았다.

"십 분만 더 계세요. 아이가 일어나지 않으면 제가 깨워야 해서요…."

그러고 나서 여느 날처럼 그녀는 아이를 데리고 아파트를 나설 것이고, 둘은 오퇴유 농장까지 걸어갈 것이다. 거실 벽 위의 햇볕 자국은 오른쪽으로 자리를 옮겼고, 그는 그들 옆에 있는 소파의 한가운데에서 또다른 햇볕 자국을 발견했다. 그는 잘못된 층에 있었다. 분명히 그랬다. '해골'이 두세 번 그를 데리고 왔던, 그리고 무슨 말인지 단한 마디도 알아듣지 못한 채로 그의 주변에서 들리는 대화를 따라가려고 애썼던 바로 그 거실과 똑같은 곳일 리가 없었다. 밤이 깊어감에 따라 작은 소리로 연주되던 음악 소리는 점점 더 커지고, 이내 거실이 어두워질 때까지 조금씩 빛을 줄여가던. 그러니까 그때는 대화를 나눌 수 있는 시간은 아니었다. 그림자들이 소파 위에서 서로 뒤섞였고, 음악은 그들의 속삭임과 숨소리를 덮었다. 그리고 매번 그는 어둠을 틈타 살짝 열린 거실 문을 통해 현관으로 슬그머니 나왔다. 소파 위에 뒤섞여 있는 그림자들 속에 '해골'이라 불리는 카미유와 마르틴 헤이워드를 뒤에 남겨둔 채.

"무슨 생각을 하세요?"

그녀는 친근하고 초연한 어조로 질문했다. 그는 어떻게 대답해야 할지 몰랐다. 그는 소파 위의 햇볕 자국에 시선을 고정시켰다.

"층을 잘못 찾아온 느낌이 들어서요."

그런데 그녀의 눈빛과 찡그린 눈썹을 보며, 그는 자신이 한 말을 이해하지 못했을 거라고 생각했다.

"밤에 올 때와는 완전 다른 집이네요. 르네마르코 에리 포르 씨 이야기를 하지 않았다면, 저는 층을 헷갈렸다고 믿었을 겁니다."

그녀는 아주 복잡한 수학 수업을 이해하려고 애쓰는 성실한 학생처럼 몹시 집중해서 들었다. 그러고 나서 여전히 눈썹을 찌푸리며, 그가 내뱉은 말 하나하나를 생각해보는 듯 잠시 조용히 있었다.

"저는 당신과 같은 느낌은 안 들어요…. 여기에서 밤에 일어나는 모든 일은 저랑 상관없어요. 그리고 저는 에리 포르 씨가 초대한 사람들에 대해서 더 많이 알려고 하지도 않고요. 저는 단지 아이를 돌보는 일만 맡고 있어요. 아시 겠어요?"

그 여자가 그 말을 어찌나 단호하게 했던지, 잠을 깨우려 얼굴에 찬물 한 양동이를 쏟은 것만 같았다. 그는 자신이 밤에 이 아파트에 단 한 번도 오지 않았거나, 단지 나쁜 꿈을 꾼 것은 아니었을까 하는 생각이 들었다. 종종 반복해서 꾸는 꿈처럼. 잠들 때마다 다시 그 꿈을 꾸지 않을까 신경이 쓰이고, 너무도 강렬해서 낮과 밤을 구분할 수 없을 정도로 하루 종일 꿈의 파편에 시달리는 것처럼. 어찌되었든 '해골'은 분명 이 그림자들 속으로 그를 데리고 왔었다. 그럼에도 그는 결국 '해골'과 마르틴 헤이워드의 존재에 대해 의심을 품게 되었다.

"무슨 말을 하는지 잘 알았습니다. 그리고 당신 말이 맞는 것 같아요."

그는 나쁜 꿈에서 자신을 꺼내주었다고 고마움을 표하고 싶을 정도였다. 만약 그가 이 거실에 이 여자와 함께 늦은 오후까지 그리고 저녁까지 함께 있는다면, 그 누구도, '해골'도, 마르틴 헤이워드도 이 아파트로 와서 초인종을 누르지 않을 것이라는 생각이 들었다. 로즈마리 크라웰이나 다른 유령들도.

그녀는 손목시계를 확인했다.

"4시 20분 전이네요. 아이를… 깨워야겠어요. 그전에 전화 한 통 해야 하는데…. 실례해도 될까요?"

그녀는 자리에서 일어나 환한 미소를 짓고, 살짝 열려 있던 이중문을 통해 거실과 연결된 욕실로 슬며시 들어갔다. '해골'이 그를 여기에 처음 데려온 저녁에 그런 거실의 구조가 눈에 들어왔었다.

그는 아주 멀리서 그녀가 통화하는 소리를 들었고, 그녀가 욕실 바로 뒤에 있는 방에 있을 거라고 생각했다. 그에게는 아파트 방 배치가 이상하게 느껴졌는데, 어쩌면

그가 이상한 생각을 해서일 수도 있고, 이 구역에 수백 채
는 될 정도로 평범한 구조였는지도 모른다.

몇 분이 지나고 그녀가 다시 나왔다.

"아이 문제로 루베스 선생님에게 전화를 했어요⋯. 아
무튼 의사 선생님이 조금 이따 오셔서 아이에게 예방주사
를 놓아줄 거예요."

그녀는 진지한 전문가처럼 그리고 마치 그도 루베스 의
사를 안다는 듯이 말했다.

"편해요⋯. 루베스 선생님이 이 근처에 살고 계셔서 매
번 아이를 위해 와주세요."

그는 루베스 의사가 오기 전에 가야겠다고 생각했다.

그는 자리에서 일어났다.

"곧 아이를 데리고 오퇴유 농장에 가실 것 같은데요?"

"잘 모르겠어요. 루베스 선생님께 주사를 맞은 후에 아
이가 집에 있는 것이 나은지를 여쭤보려고요."

그녀는 그를 문까지 배웅했다.

"여기 전화번호를 알려드릴게요." 그녀는 슬쩍 미소를
지으며 말했다. "일곱 자리 번호로 된⋯."

네 번 접은 하얀 종이를 그에게 내밀었다.

"아침이나 이른 오후에 전화하셔도 됩니다. 저는 내내

여기에 있어요.”

그녀는 잠시 머뭇거리는 것처럼 보였다. 그러고 나서 좀 더 작은 소리로 말했다.

“그런데 밤에는 **오퇴유 15.28**로 전화하지는 마세요. 영 신뢰할 수 없는 사람들에게 연결될 수 있어서요.”

그녀는 짧게 웃음을 터트렸다.

문 앞에서 엘리베이터가 그를 기다리는 것 같았다. 마치 그날 오후에 그가 타고 올라온 이후로 아무도 사용하지 않았다는 듯. 아파트의 문을 닫기 전에 그녀는 그에게 몹시 조심스럽게 손짓을 보냈다.

거리에서 그는 그녀에게 받은 종이를 펼쳤다. 킴 **288.15. 28**이라고 적혀 있었다.

이상한 이름이었다. 하지만 옛날 버스 검표원이 플랫폼에서 출발을 알리기 위해 딱딱한 자세로 체인을 당길 때 나는 작고 투명한 신호처럼 무언가 즐겁고 기분 좋은 소리가 나는 이름이었다. 게다가 햇빛과 신선한 공기는 이른 오후에 그랬던 것처럼 봄날을 느끼게 했다. 그는 문득한 가지 디테일에 사로잡혔다. 아파트의 새 전화번호는 분명 일곱 자리이지만, 마지막 네 자리는 **오퇴유 15.28**이라는 이전 번호 그대로였다. 그럼에도 그는 **288.15.28**로 전화를 건다면 더는 무덤 저편의 목소리를 듣지 않을 거라는 확신이 들었다. 아름다운 봄날이면 충분했다.

미셸앙주 가의 끝자락에서 그는 검게 그을린 얼굴에 머리를 짧게 자르고 운동선수 느낌이 나는 남자와 마주쳤는데, 가볍게 움직이는 시계추 같은 가죽 서류 가방을 들고 있었다. 둘은 눈이 마주쳤고, 그는 남자에게 말을 걸고 싶었다. 아마도 루베스 박사였을 것이다. 그는 몸을 돌려서, 남자가 일정한 보폭으로 걸어가는 것을 보았다. 남자가 정말로 그 건물로 가는지 따라가서 확인하고 싶었지만, 부질없고 신중하지 못하다고 판단했다. 다음에 288.15.28로 전화를 건다면, 그는 남자의 용모를 킴에게 묘사하고 루베스 박사가 맞는지를 물을 것이다.

그날 오후 오퇴유 구역을 발길 닿는 대로 산책하자 마음이 가벼워졌다. 평행한 두 세계로 보일 만큼 낮과 밤의 풍경이 판이한 그 아파트를 생각했다. 하지만 그가 왜 그런데 신경을 쓰겠는가? 여러 해 동안 현실과 꿈 사이의 좁은 경계에서 살며, 현실과 꿈이 서로를 비추고 때로는 서로 뒤섞이게 두는 데 익숙했기에, 그는 한 치의 벗어남 없이 단호한 걸음으로 자신의 길을 갔다. 조금이라도 벗어났다가는 일시적으로 찾은 균형을 깨트릴 수 있다는 사실을 잘 알았기 때문이다. 여러 번 사람들은 그를 '몽유병자' 취급

했는데, 어떤 면에서 그 표현은 칭찬처럼 여겨졌다. 옛날에 사람들은 투시력을 타고났다고 해서 몽유병자들에게 조언을 얻었다. 그는 자신이 그들과 아주 다를 것은 없다고 생각했다. 중요한 것은 능선에서 미끄러지지 않는 것, 그리고 자기 삶을 어디까지 꿈꿀 수 있는지를 아는 것에 있었다.

그는 오퇴유 농장이 그의 기억과 일치하는지 보기 위해 그곳까지 걸어갈 수도 있었을 것이다. 그곳은 분명 십오 년 동안 변했고, 시골 같은 모습을 잃었다. 그는 경마장 구역으로 다가가면서, 로즈마리 크라웰과 키가 큰 편인 갈색 머리 남자와 오퇴유 농장에 한번 왔던 기억이 떠올랐다. 당시 그 남자의 사진을 보여준대도 그는 알아볼 수 없을 것이다. 얼굴이 떠오르지 않는 남자와 관련해서 그가 이야기할 수 있는 유일한 것은 그가 손목에 차고 있던 시계였다. 날짜와 달, 연도, 심지어 매일 밤 달의 모양까지 보여주는 다양한 크기의 눈금반이 여럿 달린 커다란 시계였다. 남자는 자기 시계를 그에게 내밀면서 설명해주었고, 그의 손목에 잠시 찰 수 있게 허락했다. 그리고 그에게 '미군 군용 시계'라고 구체적으로 알려주었는데, 그 세 단어가 여전히 그의 기억 속에서 옅은 메아리로 울리고 있었기에 정확한 의미보다 그 발음이 더 중요했다.

그날 오후, 오퇴유 농장에서 로즈마리 크라웰은 그의 앞에 앉아 있었다. 십오 년이 지나서 그녀를 알아볼 수 있을까. 그는 생각했다. 커다란 푸른 눈의 금발 여자. 꽤 짧은 머리. 평균 정도의 키. 두툼한 체인이 달린 팔찌 몇 개. 이 정도가 그녀를 묘사할 수 있는 막연한 표현들이다. 그리고 몇 가지 인상이 남아 있었다. 굵은 목소리. 약간 노골적으로 말하는 방식. 손가방에서 꺼내서 그에게 가지고 놀라고 주었던 라이터. 향이 밴 라이터.

오퇴유 농장을 나서면서 로즈마리 크라웰, 그 남자, 그리고 그, 이렇게 세 사람은 검은색 자동차에 탔다. 로즈마리 크라웰이 운전을 했고, 남자가 옆에 앉았고, 그는 뒷좌석에 앉았다. 그리고 그들은 오퇴유 농장에서 가까운 아파트로 돌아왔는데, 그에게는 이동 거리가 짧게 느껴졌다. 하지만 그것이 어린 시절의 기억이라면, 한 지점에서 다른 지점으로 가는 데 걸린 시간과 거리와 관련한 모든 것에 대해서, 그리고 우리가 같은 날 오후에 일어났다고 믿었던 사건들이 실은 몇 주 혹은 몇 달에 걸쳐 일어났을 수 있음을 경계해야 한다.

그 아파트의 방에서 로즈마리 크라웰은 책상 모서리에

앉아서 전화 통화를 했다. 그녀는 그에게 주었던 라이터를 다시 집어 들었고, 향이 밴 라이터로 담배에 불을 붙였다. '미군 군용 시계'를 찬 남자는 소파에, 그의 옆에 앉아 있었다. 그리고 시계를 조작해 아침에 가벼운 알람을 울리게 하는 방법을 설명했다. 시각을 가리키는 숫자 위의 파란 바늘을 멈추고 시계 아래쪽 눈금반의 버튼을 누르면 그만이었다. 하지만 찢어진 사진에서 떨어져 나온 작은 조각 하나에 돋보기를 들이대고 살펴볼 때처럼, 알람을 맞추는 세세한 동작 외에는 그날의 다른 어떤 기억도 떠오르지 않았다.

그는 경마장 근처에 있는 대로에 도착했다. 하지만 오퇴유 농장으로 가는 이 대로를 건너지 않기로 돌연 마음을 바꿨다. 홀로 이런 식의 성지순례를 수행하고 싶다는 생각이 더는 들지 않았다. '미군 군용 시계'의 눈금반에서 살짝 누르기만 해도 시계 바늘을 반대 방향으로 돌릴 수 있다는 사실이 떠올랐다. 만일 그가 오늘 오퇴유 농장의 입구를 통과하고 그곳 정원에 있는 테이블 하나에 앉는다면, 그는 시간의 흐름을 거스르게 될 것이다. 로즈마리 크라웰과 '미군 군용 시계'를 차고 지금 그의 나이였을 남자와 함께 있던 똑같은 테이블에 있게 될 것이다. 그들은 십오 년 전과 정확하게 똑같을 것이다. 그들은 단 하루도 늦지 않았을 것이다. 그리고 마침내 그는 그들에게 몇 가지 구체적인 질문을 할 수 있을 것이다. 그들은 그 질문에 대답할 수 있을까? 그리고 그들은 그 질문에 대답하고 싶어할까?

하지만 그때 그에게 십오 년이라는 세월이 너무 길게 느껴져서 어린 시절의 추억들도 완전히 흐릿해졌다면, 오늘 그는 무엇을 이야기할 수 있을까? 카미유와 마르틴 헤이워드와 함께 자동차로 슈브뢰즈 계곡을 거쳐 독퇴르퀴르젠 가의 집까지 이동한 후로 오십 년 가까이 흘렀다. 그랬다, 오퇴유 아파트의 거실에서 킴과 처음으로 보냈던 오후 나절 이후로, 그리고 이른 봄날 오후에 루베스 박사를 길에서 마주친 후로 오십 년 가까이 흘렀다. 그는 정확한 연도를 몹시 알고 싶었다. 1964년 봄일까, 아니면 1965년 봄일까? 그 두 봄을 구별할 만한 분명한 기준점을 찾지 못했기에 그의 기억 속에서 두 봄은 뒤섞였다.

그는 '해골'이라 불리던 카미유를 어떻게 알게 되었을까? 그는 오십 년 동안 단 한 번도 이 질문을 하지 않았다. 시간은 조금씩 그의 인생의 여러 시기를 지웠다. 어떤 시절도 다음에 이어지는 시절과 아무런 관계가 없었다. 단절이나 눈사태 혹은 심지어 기억상실이 이어질 뿐인 삶이었다.

그렇다면 그는 어디에서 처음으로 카미유를 만났던가? 상당한 노력을 기울여 기억을 더듬자 흐릿한 이미지 하나가 떠올랐다. 카미유는 카페에서 그의 테이블 옆에 앉아 있었고, 주변의 다른 실루엣들은 외투를 입고 있었으니 겨울의 한낮이었다. 그리고 그는 이곳이 블랑슈 광장 1층에 있는 레스토랑일 수밖에 없다는 결론을 내렸다. 그날 카미유와 함께 그 길을 걸어가고 그녀를 따라 약국으로 들어가는 자신의 모습이 확실하게 떠올랐다. 그들 앞에는 손님 몇이 있었고, 카미유는 초조해 보였다. 손에는 처방전을 들고 있었다. 카미유는 작은 소리로 처방전이 작년 것이어서 약을 살 수 있을지 확실하지 않다고 이야기했다. 하지만 그녀가 처방전을 약사에게 내밀자마자, 약사는 아무 반응도 보이지 않고 안쪽으로 들어가더니 분홍색 작은 약통을 가지고 돌아왔다. 그는 한참 후에 그녀가 이 작은 약통을 늘 손가방에 넣고 다니고, 침대 옆 테이블 위에 두곤 한다는 사실을 알게 되었다. 이런 식으로 시간의 밤에 동면하고 있던 하찮게 보이는 디테일들을 떠올린다. 그해 겨울에 신발이 푹푹 들어갈 정도로 두껍게 쌓인 파리의 눈도 떠올랐다. 그리고 빙판도.

그녀는 블랑슈 광장에서 아래쪽에 있는, 그가 이름을 기억하지 못하는 길모퉁이의 방에서 살았다. 시작부터 한 가지가 마음에 걸렸다. 그녀의 이름은 카미유 뤼카, 하지만 그녀의 방에서 기다리던 어느 저녁, 그는 이렇게 적혀 있는 여권을 발견했다. 카미유 자네트, 뤼카, 골의 아내, 1943년 9월 16일 낭트에서 출생. 그는 왜 '골의 아내'라고 적혀 있는지를 물었다. 그녀는 어깨를 으쓱했다.

"아주 어려서 결혼을 했거든… 삼 년 전부터 남편을 본 적이 없어…"

그녀는 사무실에서 일했다. 그는 생라자르 역 맞은편 건물 2층으로 그녀를 만나러 여러 번 찾아갔다. 다양한 색의 글자가 끝없이 돌아가는 광고판이 그곳의 밤을 빛냈다. 정확하게 무슨 일을 하는 사무실이었을까? 그녀는 회계 업무라고 설명했었다. '회계'라는 단어를 지나치게 신중하게 발음했다. 그녀는 '회계 공부'를 했고, 그는 그 공부가 정확히 무엇을 하는 것인지 차마 물어보지 못했다.

그녀는 조금 위쪽에 있는 라로슈푸코 가의 호텔 겸 레스토랑에서 마찬가지로 '회계' 일을 했고, 옛 직장을 떠나 생라자르에서 이 일을 찾아서 만족했다.

때로는 하나의 디테일이 다른 디테일들을 데리고 온다. 마치 해류가 부패한 물풀 더미를 데려오듯 첫 번째 디테일에 들러붙어서. 그러고 나면 지형이 더 멀리 있는 기억들을 깨운다. 그는 이제 '해골'과 생라자르의 카페에 있는 자신의 모습을 떠올릴 수 있었다. 카미유의 사무실이 있는 건물과 같은 거리에 있는 데다 역에서 아주 가까워서 손님들이 그 카페에서 시간을 때우곤 했다. 손님들은 러시아워의 인파 속에 휩쓸리거나 길을 잃기 전에 카운터 앞에서 음료를 마셨다. 이 카페는 또한 파리 8구의 국경 초소 같은 역할을 했다. 카페 안쪽의 창은 조용한 거리로 나 있었다. 그 길을 따라 끝까지 가면 생라자르의 인파와 주변의 문란한 장소에서 멀어졌다. 그러고 나서 샹젤리제 정원의 나무 그늘 아래에까지 갈 수 있었다.

안쪽의 테이블, 정확하게 창에 아주 가까이 있는 테이블에 보스망스는 여러 번 카미유와, 그녀의 말에 따르면 이전 직장의 '동료' 중 유일하게 관계를 이어갔을 법한 친구 한 명과 같이 앉아 있었다.

미셸 드 가마라는 사람이었다. 그 성과 이름이 그의 기억에 남아 있었는데, 훗날 그에 대해 스스로 여러가지 질문을 해보았기 때문이었다. 그러니까 카미유는 라로슈푸코 가의 호텔 겸 레스토랑에서 일할 때 미셸 드 가마를 알게 되었다. 남자는 '사장'과 어느 정도 동업 관계였고, 그들은 종종 그 샤탐 호텔의 '동료' 혹은 손님과 같은 다른 사람들 이야기를 했다.

미셸 드 가마는 그들보다 나이가 많았다. 갈색 머리를 뒤로 넘겼고, 어두운 색 정장에 비슷한 색조의 넥타이를 매서 꽤 신경을 써서 옷을 입었다. '해골'의 말에 따르면 그의 어머니는 프랑스인이었고, 아버지는 '남아메리카 대사관'에서 근무한다고 했다. 그 남자도 프랑스어를 이상한 방식으로 말했는데, 어떤 때에는 구분하기 힘든 억양을 쓰고, 또 어떤 때에는 속어를 사용하면서 전형적인 파리 사람다운 말투를 사용했다. 이런 부조화 때문에 그가 하는 말을 듣고 있으면 살짝 불편함이 느껴졌다.

생라자르의 카페에서 미셸 드 가마는 몸을 숨기는 사람처럼 보였다. 카페의 소란과 번잡한 분위기와는 거리가 먼, 안쪽 제일 구석진 자리에 앉아 있던 그의 모습은 카운터 주변의 손님들 때문에 잘 보이지 않았다. 테이블 왼편에는 작은 유리문이 분명 앙주 가나 라카드 가 혹은 파스 퀴에 가일 조용한 길로 나 있었다. 그는 비상구를 통해 극장으로 몰래 들어오는 사람처럼, 매번 작은 유리문을 통해 카페로 들어왔다. 그와 있을 때 살짝 불편한 느낌이 드는 또 다른 이유는 그가 쉴 새 없이, 심지어는 뻔뻔하게 말을 하고 있을 때조차도 매순간 경찰의 단속을 예감한 듯 경계하고 있는 것이 느껴져서였다.

보스망스는 라로슈포코 가의 호텔 겸 레스토랑에서 알았던 모든 이들에 대해서 썩 좋지 않은 기억을 갖고 있음에도 왜 계속해서 미셸 드 가마를 만나느냐고 카미유에게 물었다. 그녀는 얼버무리며 대답했다. "그가 화를 내는 게 싫어서." 분명 그 남자는 카미유에게 두려움을 불러일으켰다. 남자는 늘 그 구역에 있었으니 카미유가 일을 마치고 나오다가, 혹은 그녀가 살고 있는 윗동네에서 그를 만날 수도 있었다.

그녀는 미셸 드 가마와 단둘이 있는 것을 좋아하지 않는다고 털어놓았고, 그래서 매번 보스망스에게 약속 장소에 같이 가달라고 했다. 어느 오후, 5시 무렵, 그는 카페 안쪽의 평소 앉는 테이블에서 미셸 드 가마와 카미유 사이에 있었다. 그 남자가 왼손에 낀 반지가 눈에 들어왔는데, 반지 틀에 가문의 문장紋章이 새겨져 있었다. 아마도 이 반지 때문에, 보스망스는 약간 빈정거리는 투로 물었다.

"선생님은 탐험가 바스쿠 다가마의 친족인가요?"

상대방은 굳어진 시선으로 그를 뚫어져라 바라보았고, 잠시 말이 없었는데, 그 침묵에서 어떤 위협이 느껴졌다. 카미유도 그 시선을 느꼈고, 신경이 쓰이는 것 같았다.

"제 이야기 들으셨어요? 선생님이 탐험가 바스쿠 다가마의 후손인지 여쭸습니다."

평소 상냥하고 부드러운 보스망스였지만, 호감이 전혀 가지 않는 사람 앞에서는 무례하게 굴곤 했다.

그런데 갑자기 굳어 있던 시선이 흐릿해졌고, 미셸 드가마는 억지웃음처럼 보였지만 크게 미소를 지어 보였다.

"저희 가문에 관심이 있는 모양이네요. 불행하게도 제가 드릴 수 있는 정보가 많지 않아요."

그가 가끔씩 사용하던, 부자연스럽게 느껴지는 낯선 억양으로 말했다. 그리고 보스망스를 뚫어져라 바라봤는데, 마치 대화의 주제를 바꾸는 것이 낫지 않느냐고 분명하게 이해시키고 싶은 것 같았다.

"심각하게 받아들이지 마세요." 카미유가 어깨를 으쓱

하며 말했다. "장은 혈통과 가문의 이름에 아주 관심이 많아요."

셋은 작은 유리문으로 나왔다. 그들과 헤어지기 전에 인도에서, 미셸 드 가마가 그에게 악수했다.

"이봐요, 살면서 지나치게 호기심을 가져서는 안 됩니다." 그가 보스망스에게 말했다.

그러고는 다시 미소를 지었지만, 차가운 시선을 그에게 고정시켰기에 친근감이 느껴지지 않았다.

그는 길을 따라 멀어졌는데, 그 길은 아르카드 가 혹은 파스키에 가, 아니면 앙주 가였을 것이다. 둘은 마치 남자가 시선에서 사라지기를 기다리듯 거기 그대로 조용히 있었다.

카미유가 생각에 잠겼다.

"저 사람과 있을 때는 조심해야 해. 때때로 좀 예민하게 굴거든."

그리고 그녀는 미셸 드 가마와 라로슈푸코 가의 호텔 샤탐에서 알았던 몇 명이 자신에게 매우 친근하게 대했음에도 그들이 '누가 질문하는 것을 몹시 싫어했다'고 대충 설명했다. 그럼에도 '회계의 관점에서 볼 때' 모든 것이 '정상적'이었고, 심지어 샤탐 호텔은 '나무랄 데 없었다'고 말했다.

그는 그 사람들이 정확히 누구를 가리키는지 이해하지 못했고, 카미유의 설명도 구체적이지 않았다. 그는 카미유가 그들에 대해 너무 많이 말하는 것을 두려워한다고 생각했다. 미셸 드 가마가 동업자로 있는 샤탐 호텔에는 사장이 있고, 다른 두 친구가 레스토랑을 맡았다. 그리고 호텔과 레스토랑의 손님인 몇몇 친구들이 있었다. 이들은 열댓 명의 '그룹'을 이루었다. 그는 샤탐 호텔과 카미유가 암시했던 '그룹', 그러니까 꽤 근심스러운 인물들이 모인 모임에 대해 좀 더 알아가기 위해 오랜 시간을 기다려야 했다. 하지만 이러한 새로운 관점도 그 당시 삶에 대한 기억들을 조금도 바꾸어놓지 않았다. 오히려 그가 느꼈던 몇 가지 인상을 견고하게 만들 뿐이었다. 그리고 마치 시간이 파괴되기라도 한 것처럼 그는 이런 인상이 변하지 않고 여전히 강렬하다는 사실을 다시 확인했다. 그 시절, 그는 파리의 빛 속을 끝도 없이 걸어 다녔다. 그가 마주치는 사람들과 거리에 생생한 인광을 전하는 빛이었다. 조금씩 늙어가며 그는 그 빛이 약해지는 것을 알아챘다. 빛은 이제 사람들과 사물의 진짜 면모와 진짜 색깔을 남겼다. 일상의 흐릿한 색깔들을. 그는 밤의 구경꾼으로서 자신의 주의력 또한 약해졌다고 생각했다. 하지만 긴 시간이 흐른 만큼, 이 세상과 이 거리들이 더는 아무것도 떠올릴 수 없을 정도로 변해버렸는지도 모른다.

그는 카미유가 미셸 드 가마와 만나는 생라자르에서의 약속에 두세 번 더 동행했다. 그 남자는 가문에 대한 질문을 잊었거나 적어도 그를 용서한 것처럼 보였다. 겉으로는 그에게 친근하게 대했다. 그런 만남 중 마지막에 그들과 헤어지며 미셸 드 가마는 카미유에게 그를 가리키며 말했다.

"어쨌든 샤탐에 이 친구를 데려왔으면 싶은데. 같이 저녁을 먹자고."

카미유는 어색해하며 입을 다물었다. 미셸 드 가마가 그를 향해 고개를 돌렸다.

"샤탐을 어떻게 생각할지 알고 싶군요… 분명 당신이

흥미를 가질 거예요.”

“그렇겠죠, 하지만 장은 밤늦게 그런 장소에 가는 데 익숙하지 않아요.” 카미유가 마치 그를 보호하려는 듯 퉁명스럽게 이야기했다.

“그렇다면, 그냥 딱 한 잔만 하러 와요.” 미셸 드 가마가 말했다.

“기꺼이 가겠습니다.”

카미유는 그의 대답에 놀란 눈치였다. 하지만 그는 초대를 대수롭지 않게 여겼다. 그는 지난번에 바스코 드 가마를 언급하며 남자의 신경을 돋운 일이 신경 쓰였다. 어쨌든 남자가 왜 그토록 대수롭지 않은 일에 화를 냈는지 이해할 수 없었다.

“내일 7시에 둘이 같이 오세요.”

그는 어두운 색 양복을 입고 아주 꼿꼿한 자세로 길을 따라 사라졌다. 날이 추운데도 외투를 걸치지 않았는데, 아무래도 멋을 부리느라 그랬을 터였다.

“초대에 응하지 말았어야 했어.” 카미유가 그에게 말했다. “썩 신뢰할 수 있는 남자가 아니라서.”

보스망스에게는 신뢰할 수 있는 ‘남자’인지 아닌지는 중요하지 않았다. 무엇 때문에 보스망스가 그를 두려워해야 한단 말인가? 무엇보다도 남자의 이름이 정말 미셸 드 가마였을까? 그는 아주 빠르게 이런 의문이 들었다. 만약 어떤 남자가 자기의 실제 이름을 사용하지 않는다면, 이는 자기 자신에 대한 확신이 없기 때문이다. 그리고 생라 자르 카페에서 그는 매번 벽에 등을 대고 앉아 있었고, 안 전하지 못하다고 느끼는 사람처럼 카운터 앞을 지나는 사 람들을 불안한 눈빛으로 쳐다봤다. 그는 이렇게 말했다. "샤탐을 어떻게 생각할지 알고 싶군요." 보스망스는 그 장소에서 미셸 드 가마의 행동을 관찰하고 싶었다.

*

피갈과 블랑슈 광장 근처로 가기 전, 그가 '첫 번째 언덕 들'이라고 부르던 지대의 조용한 거리 중 하나였다. 호텔 의 건물 앞쪽과 입구는 이웃 건물들과 구분되지 않았다. 식당은 거리 쪽으로 나 있었다. 호텔 입구에는 검은 대리 석으로 만든 타원형 명판에 금색 글씨로 **샤탐 호텔**이라고 새겨져 있었다.

카미유는 근심스러운 표정으로 인도에서 멈춰 섰다.

"여기 다시 오니 기분이 이상하네⋯."

미셸 드 가마는 리셉션 왼편에 있는 작은 살롱 같은 곳에서 그들을 기다렸다. 하얀색 대리석 벽난로 위에는 오래된 추시계가 놓여 있었다. 벽에는 사냥 풍경을 담은 판화 몇 점이 걸려 있었다. 살롱 구석에는 짙은 색 목재로 만든 바가 있었다. 지방 호텔에 있는 기분이었다.

그는 생라자르의 카페에서보다 긴장이 풀린 듯했다. 그는 그들에게 바 옆에 있는 소파에 앉으라고 손짓하고는 그리로 와서 세 개의 잔에 술을 따랐는데, 병 모양으로 보아 포트와인이었을 것이다.

그는 두 사람 앞에 자리를 잡았다. 그는 뭔가를 알고 싶다는 듯 보스망스를 뚫어져라 바라봤다. 보스망스가 호텔에 대해 찬사를 늘어놓기를 기다리는 사람처럼. 무슨 말이든 해야 했다.

"여기는 정말 조용하네요…."

보스망스는 다른 표현을 생각해내지 못해서 유감이었다. 하지만 마음이 놓이게도 미셸 드 가마의 표정이 미소로 밝아졌다.

"맞아요, 그게 바로 우리가 원했던 겁니다. 그러니까 저랑 동업자인 기 뱅상 말이죠." 그는 이번에는 가벼운 외국 억양을 실어 말했다. "뭔가 조용하고 심플하고 클래식한

73

거요."

그러고는 잔을 내밀어 건배를 했다.

"카미유가 예전에 쓰던 사무실을 보여줄 겁니다."

"아, 아니에요… 그렇게 하고 싶지 않아요."

그녀는 변명하려는 듯 그리고 미셸 드 가마의 화를 돋우지 않으려는 듯 부드럽게 말했다.

"저의 동업자인 기 뱅상의 사무실이죠. 종종 파리를 떠나 있어서 카미유에게 사무실을 빌려줬거든요."

그녀는 참는 데도 지쳤다는 듯 고개를 끄덕였다. 보스망스는 갑자기 카미유가 자리에서 일어나 자신을 데리고 밖으로 나갈까 봐 신경 쓰였다.

"우리는 단골손님을 받아요. 대체로 우리 친구들이죠. 작은 클럽 같은 거거예요."

그는 일부러 외국 억양으로 말했는데, 영국식 억양이었다. 이런 식으로 말하고 차려입기 위해 분명 평소 동경하던 세련된 남자를 모델로 삼았을 것이다.

"저녁 식사 전에 여기에는 아무도 없어요." 갑자기 미셸 드 가마가 말했다. 분명 호텔에 내려앉은 침묵을 설명하기 위해서였을 것이다. "조용한 시간이라서… 동업자인 기 뱅상은 푸른 시간이라고 부르곤 했지요."

보스망스는 '동업자인 기 뱅상'이라는 표현을 벌써 세 번째 들었다. 기 뱅상이라는 이름은 낯설지 않았다. 하지만 바로 그 순간 그에게 불쑥 물어본다면, 정확히 무엇이 떠오르는지 말할 수 없었을 것이다. 어쩌면 그 이름의 지극히 단순한 울림이 인상적이었는지도 몰랐다.

미셸 드 가마는 이제 생라자르에서 보였던 근심 어린 눈빛이 아니었다. 그는 바에서, 아니 그보다는 이 호텔의 살롱에 있어서 편안해 보였다. 자기 집에 있는 사람 같았고 이곳에서 일종의 외교 특권을 누리는 것 같았다. 하지만 그 특권은 분명 그가 거리로 나서자마자 사라져버릴 것이다. 그는 정확히 어떤 상황에 처해 있었을까? 혹시 체류가 금지된 사람은 아니었을까? 보스망스는 그에게 몹시 물어보고 싶었다.

"호텔의 방들을 보여줘야 할 것 같군요."

그는 다시 파리 사람의 억양으로 돌아왔다.

"오늘 밤은 말고요." 카미유가 까칠한 말투로 끼어들었다. "어쨌든 다시 올 테니까요."

하지만 그것이 공허한 약속이라는 것쯤은 다들 알고 있었다.

"카미유가 여기 방에서 가끔 묵었지요." 미셸 드 가마가 그를 향해 몸을 돌리며 말했다.

"할 일이 너무 많거나 아주 일찍 일어나야 하는 날에만 그랬어요."

그녀의 목소리에서 약간의 분노가 느껴졌다.

미셸 드 가마는 주머니에서 영국 담배갑을 꺼내어 라이터로 불을 붙였다. 여러 번 불을 댕겼고, 갑자기 솟아오른 불꽃이 보스망스를 놀라게 했다. 그리고 남자가 라이터를 닫을 때 나는 둔탁한 소리가 그에게 무언가를 떠올리게 했다.

"아주 멋진 라이터군요." 그러고 나자 이 말을 자신의 분신이 한 것처럼 느껴졌다.

"아름다운 불꽃을 만들어내죠… 해보실래요?"

미셸 드 가마가 라이터를 건넸다. 엄지와 검지로 라이터를 쥐자마자 오래된 감각이 되살아났다. 다시 불꽃이 솟았을 때 그 감각이 분명해졌다. 작은 크기의 라이터가 생각지도 못한 큰 불꽃을 만들었다. 감각은 그를 돌연 십오 년 전으로 돌려보냈고, 어린 시절 범퍼카를 탈 때 그랬듯 예상 밖의 충격을 주었다. 순간적으로 그는 로즈마리 크라웰이 자신에게 똑같은 라이터를 주며 불꽃을 조심해야 한다고 말한 일이 떠올랐다.

"맞아요, 아주 멋진 라이터네요. 하지만 불꽃을 조심해야 해요."

그는 미셸 드 가마에게 라이터를 돌려주었고, 남자는 놀란 눈으로 그를 뚫어져라 보았다. 보스망스가 아주 먼 과거에서 온 것 같은 그 문장을 반복해서 말하며 이상한 표정을 짓고 있었기 때문이리라.

"어쨌든 네가 예전에 쓰던 사무실을 보여줘." 미셸 드 가마가 카미유 쪽을 보며 말했다.

카미유는 조용히 자리에서 일어났다. 보스망스를 붙잡아 야간 등처럼 보이는 조명이 천장에 밝혀진 긴 복도로 이끌었다.

"사무실을 보여줄게, 그런 다음 우리는 가야 한다고 말할게." 카미유가 작은 소리로 이야기했다.

그녀가 방문을 열었다. 문에는 숫자가 적힌 작은 명판이 붙어 있었는데, 원래 호텔의 방으로 사용되었음이 분명해 보였다. 천장 조명에서 흐릿하면서도 강렬한 빛이 떨어졌다. 방의 중앙에는 옅은 색 목재로 만든 책상이 있고, 구석에 아주 좁은 소파가 있었다. 창문이 뜰 쪽으로 나 있었다.

"저 책상에서 회계 일을 했어?"

보스망스의 목소리는 빈정거리는 기색은 없었다. 오히

려 진지함이 묻어났다.

"그래, 맞아."

그는 책상으로 다가가 그 뒤에 있는 가죽 의자에 앉았다. 양쪽에 서랍이 여럿 있었다.

"이게 원래 기 뱅상의 책상이었다는 거지?"

그녀는 그렇다는 표시로 고개를 끄덕였지만, 다른 생각에 빠져 있는 것처럼 보였다. 아마도 가능한 한 빨리 이 방을 벗어나려고 생각하는 것 같았다. 보스망스도 생각에 잠겼다. 미셸 드 가마가 그에게 건넸던 라이터 불꽃은 폭로자였다. 불꽃은 어두운 방을 밝혔고, 오랫동안 잊고 있었던 기 뱅상이라는 이름을 친근하게 만들었다.

마침 책상 오른쪽 모서리에 석류색 가죽으로 만든 사진 액자가 있었다. 보스망스는 몸을 숙여 사진을 보았는데, 한 여자의 어깨에 손을 올려놓은 기 뱅상을 알아봤다. 여자는 그의 아내였고, 보스망스는 가엘이라는 여자의 이름을 떠올렸다. 어쨌든 독퇴르퀴르젠 가의 집에는 남편보다는 덜 자주 왔다. 보스망스는 한낮에 그녀를 보았던 것만 기억났다. 그 집에서는 한 번도 잠을 잔 적이 없었다. 기 뱅상이 혼자 그 집에 왔을 때, 그는 2층의 큰 방을 사용했다. 그는 사진에서 기 뱅상을 분명하게 알아보았다. 짧은 머리, 큰 키, 푸른색 눈. 당시 그는 기 뱅상이 '미국인'이라고 생각했는데, 그의 행동거지와 오픈카, 오랫동안 아메리카에 체류했다는 그의 말 때문이었다. 그럼에도 그의 이름은 프랑스식이었다. 갑자기 기 뱅상이 했던 말이 떠올랐다. 어느 오후에 그는 독퇴르퀴르젠 가의 우편함에 가서 자기에게 온 우편물이 있는지 확인해달라고 부탁했었다. 실제로 편지 한 통을 찾았는데, 봉투에는 집 주소와 함께 로저 뱅상이라고 적혀 있었다. 편지를 건네자 그가 이렇게 말했다. "봐봐, 난 때때로 이름을 바꿔 쓰는 걸 좋아한다고." 마치 보스망스가 설명을 청하기라도 한 것처럼.

카미유는 보스망스 앞에 서서 조용히 그를 관찰했다. 둘의 시선이 마주쳤다. 카미유는 무언가를 짐작했을까? 그녀는 보스망스에 대해 아는 게 거의 없었고, 그는 그들이 만나기 전의 삶에 대해서 전혀 이야기하지 않았다. 그래서 그녀 앞에서 자신의 어린 시절 추억을 언급하겠다는 기괴한 생각 같은 건 절대 할 수 없었을 것이다. 게다가 카미유는 오직 지금 이 순간에만 관심이 있다는 느낌이 들었다.

그는 책상 양쪽에 있는 서랍을 하나씩 열어서 내용물을 확인했는데, 이를 보고 카미유가 미소 지었다.

"뭐야, 가택수색이라도 하는 거야?"

그녀는 놀리듯 말했고 '가택수색'이라는 단어가 그를 불편하게 했다. 왜 하필 그 단어를 사용했을까?

왼쪽 서랍들은 비어 있었다. 오른쪽 위의 서랍 세 개도 비어 있었다. 하지만 아래쪽 서랍에는 편지지 석 장과 녹색 가죽으로 장정한 노트가 있었다.

카미유는 좁은 소파에 앉아서 벽에 등을 기댔다. 그러고는 입가에 미소를 지으며 그를 계속 관찰했다. 편지지는 시간 때문에 색이 살짝 바랬지만 아무것도 쓰여 있지 않았다. 상단에 반투명 잉크로 글자들이 인쇄되어 있었다. '기 뱅상, 파리 12구 니콜라슈케 가 12번지'. 녹색 가죽으로 장정한 수첩은 다이어리였는데, 이상하게도 연도가 표시된 페이지는 없었다.

그는 종이를 두 번 접어 다이어리와 함께 외투 안주머니에 슬그머니 넣었다. 가죽 액자에 있는 사진은 너무 커서 다른 주머니에 숨길 수가 없었다. 카미유는 그가 망설이고 있음을 알아챘다. 그녀는 여행 가방만 한 자신의 손가방을 가리켰다. 그는 그 안에 사진을 숨겼다.

"기 뱅상을 알아?" 보스망스가 물었다.

"딱 한 번 봤어. 여기서 일을 시작할 무렵. 그 사람은 파리에 잘 없어."

카미유가 차분한 목소리로 아무렇지 않게 말했다. 그녀는 보스망스가 편지지와 다이어리 그리고 사진을 챙기는 것을 보고도 조금도 놀라지 않았다.

"미셸 드 가마가 어떻게 기 뱅상을 알게 되었는지 알아?"

이 질문에도 놀라는 것 같지 않았다.

"나야 알 수가 없지…."

그녀가 어깨를 으쓱했다. 보스망스는 이런 식의 무관심과 거침없는 태도가 갑자기 의심스러웠다. 그래서 자신이 책상 서랍을 뒤지는 것을 보고 그녀가 했던 '가택수색'이라는 말을 떠올렸다.

"감옥에서 알게 된 거 아니야?"

그가 불쑥 물었다. 만약 그녀가 기 뱅상에 대해서 말하고 싶어하는 것보다 더 많이 알고 있다면, 이렇게 몰아붙여야 사실을 털어놓을지도 몰랐다. 하지만 카미유는 그 말을 알아듣지 못했다는 듯 여전히 미소만 지었다.

"네가 직접 물어봐…."

그녀는 조언하듯 친근한 어조로 대답했다. 아주 예의 바르게.

*

  그들은 호텔 리셉션에서 전화 통화를 끝내고 홀로 있던
미셸 드 가마에게 돌아갔다.

  "동업자인 기 뱅상의 사무실을 보여주던가요?"

  남자도 미소 짓긴 했지만, 그 미소는 카미유와는 다르
게 어딘지 골칫거리가 있다는 듯 약간 억지스러웠다. 아마
도 통화 상대에게 들은 말 때문이었을 것이다. 갑자기 보
스망스는 미셸 드 가마가 '동업자 기 뱅상'의 사무실에서
그들을 보고 싶어했던 것은 아닐까, 혹시 문을 열려던 순
간 카미유와 나눈 이야기, 특히 아주 큰 소리로 말했던 '감
옥에서 알게 된 거 아니야?'라는 말을 들은 건 아닐까 상상
했다. 그러자 그런 말을 했다는 사실과 냉정하지 못했던
태도가 후회되었다.

  "카미유가 일했던 장소를 정말 보고 싶었습니다."

  이번에는 선량한 젊은이처럼 말하려고 노력했다.

  "카미유는 거기서 계속 일할 수 있었는데… 그만둬서
우리가 얼마나 슬펐는지 모릅니다."

  보스망스는 '우리'에 기 뱅상도 관련이 있는지 알고 싶
었을 것이다.

82

"그렇지 않나, 카미유? 당신이 우리를 떠날 거라고 전혀 예상하지 못했으니까."

어쩔 수 없었다는 듯 두 팔을 살짝 벌리는 카미유의 모습도 순진한 젊은 여자처럼 보였다.

"늦었어요." 그녀는 미셸 드 가마에게 손을 내밀며 말했다. "이제 가야겠어요."

그는 두 사람을 호텔 입구까지 따라나섰다가 인도 경계에서 멈춰 섰다. 조금 전 했던 생각이 다시금 보스망스의 머릿속을 스쳤다. 이 남자는 불법체류자라 밖에 나올 수 없는 거야.

"호텔이 정말 마음에 들어요." 보스망스가 미셸 드 가마에게 말했다. "호텔은 평온해야 하잖아요. 그런데 파리에서 그런 호텔을 찾기가 점점 힘들어져요."

하지만 보스망스는 이걸로 충분하지 않다는 생각에 한마디 덧붙였다.

"대단하세요, 선생님. 동업자분도 그렇고요."

미셸 드 가마의 미소가 부드러워졌다.

"그 친구가 이 이야기를 들었다면 정말 기뻐했을 텐데."

둘은 악수를 했고 보스망스는 현기증을 느꼈다. 몇 마디 말이면 상황을 바꿀 수 있을 것이다. '동업자에게 제 안부를 전해주세요… 아마 당신 동업자는 절 기억할 겁니다…
그가 이름을 바꾸는 것을 좋아했던 시절에 알았었죠.'

"빠른 시일 내에 다시 뵙기를 바랍니다." 미셸 드 가마
가 그에게 말했다. "가능한 한 빨리요."

보스망스는 자신이 현기증에 굴하지 않고 인도를 당당
하게 걸었다는 사실에 안심했다. 카미유는 손가방에서 가
죽 액자에 들어 있는, 기 뱅상이 부인과 함께 찍은 사진을
꺼냈다.

"자… 잊기 전에…."

그녀는 그가 사진과 다이어리, 편지지를 훔친 이유를
알고 싶어하지 않는 것 같았다. 그런데 미셸 드 가마가 그
사실을 알아챘다면? 카미유는 그런 생각조차 하지 않는
것 같았다. 보스망스는 카미유의 무심한 태도에 익숙했지
만, 어쨌든 그녀가 호기심을 갖지 않는 것이 놀라웠다. 결
국 보스망스는 만약 기 뱅상이라 불리는 자가 자신의 어
린 시절의 어떤 기억들과 관련이 있다 해도, 카미유는 이
런 사실을 알지 못할 것이며 완전히 무관할 거라고 생각
했다.

오십 년도 더 지나 과거 두 가지 사건의 정확한 연대를 정할 수 있을까. 보스망스에게는 불가능했다. 카미유, 마르틴 헤이워드와 자동차를 타고 슈브뢰즈 계곡을 지나 독퇴르퀴르젠 가의 집 앞까지 갔던 일과 카미유와 함께 기뱅상의 사무실에 있던 샤탐 호텔을 방문한 일.

모든 지표는 시간이 흘러감에 따라 지워졌다. 한참 시간이 흘러 떠오른 이 두 사건은 동시에 일어난 것 같았고, 흡사 두 장의 사진을 한꺼번에 인쇄하는 과정을 통해 섞어놓은 듯 서로 뒤섞여 있었다.

우연의 일치들이 그를 혼란스럽게 했다. 어떤 우연으로 카미유와 마르틴 헤이워드가 십오 년도 넘게 생각도 못 했던 어린 시절의 어떤 순간으로 그를, 두 번이나 데리고 갈 수 있었을까? 두 사람이 그는 알지 못하는 목적을 품고 계획을 꾸몄다는, 누군가를 통해 자신의 어린 시절에 대해 몇 가지 알게 된 건 아닐까 하는 의심마저 들었다.

카미유는 샤탐 호텔의 기 뱅상 사무실에서 회계 일을 했고, 마르틴 헤이워드는 로즈마리 크라웰이 여전히 소유하고 있던 그 집을 임차했다. 그리고 이 모든 일의 순서를 정하려고 그가 작성한 메모들 중에는 마르틴 헤이워드에게 집주인을 아느냐고 물었을 때 했던 카미유의 대답도 있었다. "르네마르코가 집주인을 알 거야."

그는 미로 속에 놓인 자신을 안내하려는 듯 일종의 도식을 그려 보였다.

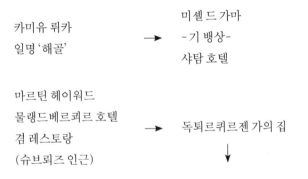

카미유 뤼카
일명 '해골'   →   미셸 드 가마
                                        - 기 뱅상 -
                                        샤탐 호텔

마르틴 헤이워드
물랭드베르쾨르 호텔
겸 레스토랑   →   독퇴르퀴르젠 가의 집
(슈브뢰즈 인근)   ↓

86

르네마르코 에리포드
(오퇴유 아파트)
오퇴유 15.28
('통신망')

→ 로즈마리 크라웰

그런 다음 망각 속에서 발굴한 사실들과 관련된 다른
이름들이 기억 속에 떠오르거나, 혹은 그가 추적하는 과
정에서 발견한 사실들이 있을 때마다 그 도식을 채워나갈
작정이었다. 그렇게 하면 언젠가 전체적인 도면을 그려낼
수도 있을 것이다.

어렵지만 유익한 시도였다. 누구나 처음엔 우연의 일치
라고 믿지만, 오십 년이 지나면 자신의 삶을 전체적으로
조망하게 되는 법이다. 그리고 마침내 파묻힌 도시와 뒤얽
힌 길, 모든 것을 백일하에 드러내고 마는 고고학자들처
럼, 우리 역시 깊이 파고든다면 그 존재를 의심도 해보지
않았거나 잊어버렸던 사람들과 관계를, 끝없이 확장되는
우리 주변의 망을 발견하며 놀라게 될 것이다.

상상력이 자신을 골탕 먹이는 거라 생각하며 떨쳐내려
했던 불편함은, 이런 고상한 생각으로도 어쩔 수 없었다.
하루의 어떤 순간들에 그는 그런 이유로 자신을 비웃었고,

자신의 정신 상태를 표현하는 소설의 제목을 늘어놓았다.

유령들의 귀환

샤탐 호텔의 미스터리

독퇴르퀴르젠 가의 유령의 집

오퇴유 15.28

생라자르에서의 약속

기 뱅상의 사무실

르네마르코 에르포르의 비밀스러운 삶

하지만 잠 못 이루는 밤이 오면 그는 더 웃고 싶지 않았다. 그는 - 카미유를 포함한 - 이 사람들 전부가 자기의 어린 시절, 특히 독퇴르퀴르젠 가의 집에서 보낸 세월에 대해 아주 사소한 디테일까지 알고 있다는 확신이 들었다. 그리고 십오 년이 지나 그들 무리가 그의 주변으로 좁혀졌다. 이것은 그가 이유를 이해해야만 하는 고양이와 쥐의 게임이다.

오퇴유의 아파트에 두 번째로 방문했던 이른 오후, 관리실 문은 반쯤 열려 있었고 그는 경비에게 몇 가지 질문을 하고 싶었을 것이다. 경비는 분명히 저녁과 밤에 아파트로 올라갔다가 새벽녘에 떠나는 사람들을 알고 있었으리라. 그 건물의 다른 사람들 역시 그 점에 대해 어떤 반응들을 보였을 것이다. 하지만 그는 자신을 드러내는 위험을 감수하고 싶지 않았다.

그는 유리문 두 짝이 달린 엘리베이터를 타고 올라갔다. 초인종을 누를 것도 없이 여자가 문을 열었다. 아마도 그녀는 엘리베이터의 철창문이 부딪치는 소리에 귀 기울이고 있었을지도 모른다. 처음 왔을 때도 그랬듯, 그녀는 그를 조용히 거실로 안내했고, 그들은 지난번 오후처럼 나란히 소파에 앉았다. 잡지 더미는 여전히 그 자리에 있었고, 소파 한가운데에 잡지 한 권이 펼쳐져 있는 것도 같았다.

낮은 테이블에는 오렌지주스 두 잔이 놓여 있었다. 여자가 잔 하나를 들어 그에게 내밀었다. 햇빛 자국은 그들 앞에 있는 벽에 자리를 잡았다. 이제 그는 매일 같은 시간 여기에 올 것이고, 그녀는 그가 초인종을 누르지 않아도 문을 열어줄 것이다. 그리고 여러 해가 흘러가는 동안. 동일한 것으로의 영원회귀, 철학 교수인 모리스 카뱅이 빌려준 철학 책의 표지에서 그가 읽었던 제목.

"아이는 낮잠을 자나요?"

그리고 이 말은 그가 소파에 자리를 잡은 후 그녀에게 던지는 첫 문장이 될 것이다. 이는 마지막 만남까지 이어진다.

"아니요. 화요일 오후에 아이는 여기에서 아주 가까운 놀이방에 가요."

그는 그녀가 뭔가를 덧붙이고 싶어한 것을, 그녀가 말을 고르고 있다는 것을 느꼈다.

"예전 번호인 **오퇴유 15.28**을 누르실까 봐 걱정했어요.

제가 준 번호가 아니라."

"무슨 그런 이야기를 해요. 저는 낮과 밤의 차이 정도는 아주 잘 구분합니다."

바로 그 순간, 거실의 모든 것이 밝고 단순하고 자연스럽게 보였다.

"지난번에 이곳을 나서던 길에 루베스 선생님과 마주친 것 같았어요. 그을린 얼굴에 짧은 갈색 머리, 그리고 검은 서류 가방을 들고 있었거든요."

"그분이 맞아요."

"그때 별일은 없었죠?"

"그럼요. 예방 주사라고 할 것도 아니었어요. 2차 접종이었거든요."

그는 대화가 오후 내내 이렇게 이어지길 바랐을 것이다.

그는 자신의 오렌지주스 잔을 들었다.

"그러면 우리 건배할까요?"

여자가 짧게 웃음을 터트렸다.

"물론이죠."

그들의 잔이 맑은 크리스털 소리를 내며 부딪쳤다.

그는 결국 이렇게 묻고 말았다.

"그러면 여기 얼마나 더 있을 계획이죠?"

"다음 개학 때까지요. 저는 뇌이에 있는 마리모운트 학교에 일자리를 찾았어요. 어딘지 아세요?"

그는 그 학교에 대해 들어본 적이 없었다. 하지만 그런 것은 중요하지 않았다. '마리모운트'라는 이름이 마음에 들었다.

"아일랜드 출신 수녀님들이 세운 학교예요. 저는 에리포르 씨에게 아이를 그곳에 입학시키라고 설득했어요. 그러면 아이를 떠나는 느낌이 들지 않을 것 같아서요."

그녀는 아이에게 책임을 느낀다는 듯 마지막 문장에 진지함을 실어 말했다.

"지난번에 제게 했던 말들에 대해서 많이 생각해봤어요. 제가 당신의 질문에 제대로 대답하지 않았다면, 그건 아마도 저와 상관없는 일에 얽이고 싶지 않아서일 거예요."

그녀는 갑자기 나이보다 성숙해 보였다. 청소년 같은, 아니면 너무 빨리 자란 아이 같은 태도와 심각한 목소리 사이의 대조는 몇 주 전부터 그가 읽고 있던 소설의 주인공인 '작은 도릿*'을 떠올리게 했다.

"저도 그 사람들에 대해서 많이 생각해요. 왜냐면 저는

---

* 찰스 디킨스가 1855년부터 1857년까지 연재한 소설 『작은 도릿』의 주인공

아이를 책임져야 하니까요."

그녀는 오렌지주스를 한 모금 마셨는데, 분명 마음속에 있는 것을 그에게 설명할 용기를 내기 위해서였을 것이다.

"저는 보모나 가정교사 혹은 가정부를 알선하는 중개소 소개로 여기에 들어왔어요…. 스트워트 중개소라고…."

그녀는 눈썹을 찡그렸다. 다소 혼란스럽게 느껴지는 상황을 이해하려고 애쓰는 것처럼 보였다. 그가 시도했던 것과 유사하지 않았을까? 누가 알겠는가? 그들은 서로서로 도왔을 수도 있었다. 그녀는 분명 그 둘이 똑같은 질문을 품었을 거라고 짐작했다.

"저는 에리포르 씨에 대해 대단한 것을 알지 못해요. 스트워트 중개소에서 그분의 아내가 사망했거나 혹은 실종되었다는 이야기를 했었을 거예요."

"그런데 낮 동안에 에리포르 씨는 집에 있는 법이 없나요?"

"전혀요. 아마 아침 일찍 나갈 거예요. 이 집에서 잠을 자긴 하는지도 모르겠어요."

그녀는 아이를 돌보기 시작한 이후로, 자신이 관찰한 일들을 누군가에게 털어놓아서 마음이 놓인 것처럼 보였다. 그러자 보스망스는 그녀가 안쪽 방에 틀어박혀 있던 매일 저녁, 자신이 알 수 없는 지대에 있다고 느끼며 힘들었을 거라는 생각이 들었다.

"에르포르 씨는 낮 동안 연락할 수 있는 전화번호만 제게 주었어요."

그는 그녀에게 그 전화번호를 달라고 청하고 싶었지만, 그것 또한 그를 모호함에 빠트리는 새로운 숫자들에 불과했을 것이다. 적어도 옛날에는 전화번호를 보면 곧바로 지역을 알 수 있었다. 전화번호로 추적하는 일도 수월했었다.*

"아마 사무실에서 일하는 것 같아요."

"아마도요."

하지만 그녀는 그렇게 믿지 않는 것 같았다.

"이곳에 저녁이나 밤에 오는 사람들이 누구인지 물으셨지요? 몇몇 사람의 이름을 알아냈어요."

그녀가 자리에서 일어섰다.

"알려드릴까요? 노트에 이름을 적었거든요."

* 과거 프랑스의 전화번호는 지역을 기반으로 했다. 에를 들어 오퇴유 15.28은 오퇴유의 지역번호가 포함되었음을 나타낸다. 1963년부터 일곱 자리 숫자로 개편되었다.

그녀는 거실 밖으로 나갔고 그는 조용하고 햇빛이 드는 그곳에 홀로 있었다. 창문은 살짝 열려 있고 밤나무 잎사귀들이 부드럽게 흔들렸다. 그는 나뭇잎에 시선을 고정하고 흔들리는 이파리에 자신을 맡겼다. 오십 년이 지나, 그는 시간이 멈춘 듯했던 그 순간을 떠올렸다. 또한 봄날의 빛을 떠올렸다. 그는 그 빛 속을 떠다녔지만, 이제 아무것도 중요하지 않았다.

그녀가 거실로 돌아왔을 때, 그는 마치 잠에서 깬 사람처럼 소스라치게 놀랐다. 그녀는 다시 그의 옆에 앉았다. 한 손에는 푸른 하늘색 표지의 학생 노트를 쥐고 있었다. 노트를 펼치고는 줄이 그어진 종이 위로, 흡사 공부하는 사람처럼 몸을 숙였다.

"이 이름들 중에는 물론 헤이워드 부인도 있어요. 지난번에 이 사람을 안다고 하셨었죠."

그녀가 그 이름을 기억하고 있다는 사실에 그는 놀랐다. 그녀가 아주 작은 부분까지 주의 깊게 들었다는 증거였다.

"그분은 여기 자주 왔어요. 혼자 오기도 하고 필리프 헤이워드라는 남편과 함께 오기도 했지요. 남편이 에리포르 씨의 친구예요."

"당신이 적은 목록에 카미유 뤼카도 있나요?"

그는 그녀의 별명이 '해골'이라고 까지는 말하지 않았다.

"맞아요, 그분도 에리포르 씨의 친구예요. 다른 이름도 알려드릴 수 있어요."

그녀는 다시 한번 노트를 확인했다. 그녀가 적어둔 이름들 가운데 세 명의 이름이 어떤 기억을 건드렸다. 앙드레 카르베. 장 테라이. 기 뱅상. 침착하게 목록을 읽어보았다면 분명 다른 이름들도 그랬을 것이다.

"그런데 어디서 이 이름들을 알게 되었나요?"

"에리포르 씨의 수첩에서요. 지난주에 여기에 놓고 가셨거든요. 분명 밤에 오는 사람들의 이름일 거예요."

그녀는 노트를 덮었다. 그녀는 그가 노트에 대해 무어라 말해주거나 어쩌면 수수께끼의 해답을 줄 거라 기대했다.

"저는 몇몇 사람의 이름을 알아요. 목록을 보여주시면, 그 이름들 속에서 제게 무언가를 떠올리게 할 다른 이름들을 찾을 거라고 확신해요. 그러면 이곳에서 무슨 일이 벌어지는지 더 잘 알게 될 거고요."

그녀는 주의 깊게 그의 이야기를 들었고, 고개를 끄덕였다. 그는 그녀의 대단한 호의에 놀랐다.

"이제 밤에 이곳에 오지 않는 게 나을 거예요. 너무 위험해요… 품위 있는 사람들이 아니에요." 그녀가 말했다.

그는 그녀가 자신을 걱정해주고 있다는, 심지어 그를 보호해주려 한다는 느낌이 들었다. 허약해 보이는 젊은 여자의 태도에 그는 감격했다.

"마리모운트 학교에 자리를 잡게 되면 제 마음은 편해질 거예요. 아이도 그 학교에 입학을 하면 훨씬 더 좋을 거고요."

그녀는 막 그에게 마음을 터놓을 참이었다. 마침내 그녀가 결심하듯 말했다.

"원래는 루베스 선생님께 조언을 얻으려고 했었어요. 그런데 마침 당신이 여기에…."

"어쨌든 걱정할 것 없어요."

그는 어깨를 으쓱하고 살짝 열린 창을 가리켰다.

"파리에서 이렇게 아름다운 봄은 본 적이 없어요."

그녀는 창문을 바라보고, 그다음에는 밤나무 잎사귀에 시선을 고정시켰다. 그녀가 그에게 몸을 돌렸을 때 적어도 겉으로 보기에는 모든 근심이 사라진 듯 보였다.

그는 그 순간 정말로 '파리에서 이렇게 아름다운 봄은 본 적이 없어요'라고 말했던 것일까 자문해보았다. 혹시 그것은 오십 년이 지난 오늘날 그해 봄에 대해 간직하고 있는 기억은 아니었을까. 그가 아무 말도 하지 않았을 가능성이 훨씬 높았다.

"저는 그 생각을 하면서… 당신이 그 이야기에 관심을 보일지 모르겠더군요."

그녀는 가벼운 손놀림으로 노트를 훑어보다가 자신이 무언가를 메모해둔 페이지에서 멈췄다.

"에리포르 씨는 이 집의 정식 임차인이 아니에요. 친구가 빌려줬어요. 제가 여기서 처음 일을 시작했을 무렵, 그러니까 이년 전에 에리포르 씨가 그 여자분에게 편지들을 보내 달라고 두세 번 제게 부탁했어요."

노트에 고개를 숙이고, 그녀는 해독하기 어려운 단어를 읽는 사람처럼 눈썹을 찌푸렸다.

"그분 이름은 로즈마리 크라웰이에요."

"아 그렇군요. 그런데 그분은 파리에 사나요?"

"편지 봉투에는 미디 지방의 주소가 적혀 있었어요. 뭔가 떠오르는 이름인가요?"

"아니요. 전혀."

그는 태연함을 유지하려고 노력했다. 따지고 보면 그녀가 그에게 함정을 판 것일지도 몰랐다. 하지만 '해골'이나 마르틴 헤이워드를 경계하는 것처럼, 그녀를 경계할 어떤 이유도 없었다.

"그런데 여기서 그분을 만난 적이 있나요?"

"이 년 전에 한 번 뵈었어요. 에리포르 씨를 만나러 왔었어요. 오십 대에 짧은 금발이었는데, 담배를 많이 피웠어요."

그는 그녀에게 묻고 싶었다. 로즈마리 크라웰이 자신에게 불꽃에 주의하라고 당부하며 빌려주었던, 향이 밴 작은 은색 라이터를 그때도 사용했는지.

"그 여자분은 에리포르 씨와 서로 말을 놓았어요."

그는 그녀가 다른 디테일을 알려주기를 기다리며 침묵을 지켰다. 하지만 그것이 그녀가 로즈마리 크라웰에 대해 기억하는 전부였다.

정말이지 그들 무리는 그에게 다시 바짝 다가오려 하고 있었다. 만일 혼자였다면 몹시 두려웠겠지만, 머릿속으로 이미 '작은 도릿'이라고 부르는 여자와 함께 있으니 웃음이 나올 것 같았다. 그러니까 십오 년이 지나서도 로즈마리 크라웰은 여전히 '해골'과 마르틴 헤이워드와 함께 방문한 그 집의 주인이고, '해골'이 그를 데리고 간 오퇴유 아파트의 주인이기도 했다. 게다가 '해골'은 기 뱅상의 사무실에서 회계 업무를 보았다…. 그는 결국 이 모든 사람들

99

이 자신을 잡기 위해 거미줄을 쳤다고 확신하기에 이르렀다. 하지만 도대체 무슨 이유로? 그리고 대체 언제부터 그들이 그의 자취를 쫓은 걸까?

"무슨 걱정이 있나 봐요."

근심 같은 건 없었다. 하지만 방사선으로 촬영한 화면을 볼 때처럼, 이 사람들이 서로 연결된 관계들이 갑자기 나타나는 것을 떠올리며 그는 현기증을 느꼈다. 그 관계는 십오 년 동안 확산되었고 새로운 사람들을 모아 매우 촘촘한 망을 형성했다. 어린 시절에 그랬던 것처럼 그의 의사와는 상관없이, 그도 그 망의 일원이 되었다.

"걱정할 것 없어요. 우리 둘 다 말이에요."

그녀는 미소 지었고, 오렌지주스를 한 모금 마셨다.

"그건 그렇고, 미셸 드 가마라는 사람은 그 목록에 없던 가요? 이름 중간에 '드'가 들어간 사람요."

그녀는 다시 노트를 펼치고는 첫 페이지를 읽었다. 한참 후에 그녀가 말했다.

"중간에 '드'가 들어간 사람은 없어요."

그러고는 그녀는 이름의 철자를 하나씩 댔다. 미셸 드 가마.

보스망스는 자신이 생라자르의 카페에서 드 가마라고

불리던 자에게 바스쿠 다가마를 암시했을 때, 그가 그렇게 거칠게 반응한 까닭을 이해했다. 그 이름은 분명 정면과 측면 사진이 있고, 바로 밑에는 경찰청에서 촬영한 날짜가 적힌 범죄자의 머그샷에나 나올 법한 이름이었다. 어쩌면 그의 첫 인상이 맞았을 것이다. 미셸 드가마는 기 뱅상이 독퇴르퀴르젠 가의 집에 살던 시절, 감옥에서 그를 만났다. 그들이 달리 어디에서 만날 수 있었겠는가? 로즈마리 크라웰의 방문 앞을 지나가던 어느 아침에 그가 들었던 통화 내용이 떠올랐다. 특히 이 대화가 생각났다. "기가 막 감옥에서 나왔어." 약간 쉬고 묵직한 목소리로 로즈마리 크라웰이 말한 이 문장은, 십오 년이 지났는데도 여전히 그의 귀에 들렸다. 어른은 늘 작은 소리로 말해야 한다. 아이들이 듣고 있으니까.

"하나만 더 묻죠." 그가 미소 지으며 말했다. "에리포르 씨의 친구 중 기 뱅상이라는 사람을 여기에서 본 일이 있나요?

"기 뱅상요?"

그녀는 작은 소리로 그 이름을 발음했다. 과거 깊숙한 곳에서 찾아온 이 이름이 그에게 대단한 효과를 자아냈다.

"아주 키가 크고, 아주 우아하며, 머리색은 밤색 아니면 잿빛인데."

그녀는 불시에 질문을 받고 최선의 답을 찾으려는 아이처럼 다시 눈살을 찌푸렸다.

"미국인 같아 보이는 아주 키가 큰 남자요?"

"맞아요."

"에리포르 씨가 그 사람은 미국에 산다고 했어요. 여기에 한 번 왔었지요…. 아이에게 줄 선물을 가지고 오셨어요."

선물이야말로 독퇴르퀴르젠 가에 살던 시절의 기 뱅상다운 행동이었다. 그는 은도금한 금속 나침반이 떠올랐다. 기 뱅상이 뚜껑에 '장 보스망스'라고 그의 이름을 각인해놓았다. 그는 나침반을 몇 년 동안 간직했는데, 그가 청소년 시절을 보낸 기숙학교에서 누가 그것을 훔쳐갔다. 그는 이 상실을 스스로 해결할 수 없었다. 나침반. 어쩌면 기뱅상은 보스망스가 삶에서 길을 찾아가는 데 나침반이 도움을 주리라고 생각했을 것이다.

그녀는 노트를 도로 덮었고 그는 다른 질문을 하지 않았다. 마치 그가 그녀에게 질문하는 이유를 설명하기를 그만둔 것처럼. 그는 자신의 어린 시절과 그 시절 그가 가깝게 지냈던 이상한 사람들에 대해서 말할 수밖에 없었을 것이다. 누가 이렇게 썼다. '우리는 어떤 나라에 온 것처럼 어린 시절에서 왔어.' 하지만 어떤 어린 시절인지, 어떤 나라인지를 한 번 더 정확하게 해두어야 했다. 그 점이 그에게는 어려웠을 것이다. 그리고 그날 오후에 그는 그럴 용기도, 욕구도 없었다.

그녀는 손목시계를 봤다.

"이제 아이를 데리러 가야 할 시간이네요."

"제가 조금만 함께 가도 될까요…."

두 사람은 그가 루베스 의사와 마주친 그 길을 따라 걸어갔다. 그날처럼 봄 날씨였다. 햇빛 아래서 그녀와 함께 걷고 가벼운 공기를 들이쉬는 것만으로 그녀가 이름을 언급했던 사람들의 존재감이 단번에 사라졌다. 설령 그들이 먼 과거 속에서 어렴풋한 존재로 살아왔다 하더라도, 이제 현재의 빛 속에서 그들의 흔적을 더는 찾을 수 없을 것이다. 그리고 그들의 이름은 누구에게도 어떤 얼굴을 떠올리게 하지 않을 것이다.

그녀는 노트를 손에 쥐었다.

"질문을 너무 많이 한 것 같아 죄송하군요."

"그렇게 생각하지 마세요… 당신과 상황을 분명하게 정리할 수 있어서 마음이 놓였어요."

그녀는 노트를 펼쳐서 첫 페이지를 찢었다.

"받으세요… 이름 목록을 드리는 것을 잊었어요."

그녀는 종이를 네 번 접어서 그에게 내밀었다.

"아마 말하지 않은 이름들도 있을 거고, 그 이름들이 우리가 상황을 더욱 분명하게 알 수 있게 도와줄 거예요. 다음번에 내게 이야기해줘요."

그녀는 마치 그를 안내하고 싶어하는 사람처럼 그의 팔을 잡았다.

그들은 오퇴유 시문에 도착했고, 그녀는 그가 한때 곧잘 돌아다녔던 동네였음에도 처음 보는 길로 그를 이끌었다. 그들은 왼쪽 인도를 따라 걸었는데, 그 길의 건물들 뒤로 넓게 펼쳐진 녹지가 있으리라는 생각이 들었다. 공원이거나 불로뉴 숲의 초입일 것이다. 아니면 그저 초원이었을지도. 자동차 몇 대가 건물들 앞에 주차되어 있지 않았다면, 보스망스는 그 길 끝이 시골로 이어져 있을 거라고 생각했을 것이다.

그녀는 철책 근처에서 멈췄다. 철책에 걸린 구리 명판에는 **생프랑수아 학교. 놀이방**이라고 적혀 있었다. 그녀는 손목시계를 확인했다.

"여기서 헤어지는 게 낫겠어요. 언제 다시 올래요?"

"괜찮으시면 내일요. 같은 시간에."

그녀가 미소 지었다. 철책 뒤에서 그녀는 그에게 손을 흔들었다. 그는 인도에서 그들을 기다리고 싶은 욕구를 느꼈다. 그는 분명 그 아이를 만나보고 싶었을 것이다.

그는 왔던 길을 거슬러 걸어갔는데, 길이 아주 조용하고 시골 분위기가 풍겨서 파리에서 멀리 떨어진 곳을 걷는 기분이었다. 기 뱅상이 말했을 법한, 푸른 시간이었다.

몇 년도의 것인지 알 수 없는, 녹색 가죽 다이어리의 속지는 대부분 하얗게 비어 있었다. 기 뱅상은 일상적인 약속들을 메모했다. 1월 5일 수요일 : 미용실. 2월 18일 : 엘리오트 포레스트. 랑카스터 호텔. 3월 15일 목요일 : 방빌 카센터. 5월 14일 수요일 : 양장점. 콜리제 거리, 오스텡. 9월 18일 : 9시 45분, 가엘, 오스테리츠 역. 10월 19일 : 11시, 장 테라이, 샤르동라가슈 가 33번지…. 10월 20일의 페이지를 펼쳤을 때 그는 가슴이 뛰었다. 기 뱅상은 이렇게 메모해두었다. 장 보스망스, 독퇴르퀴르젠 가 38번지. 나침반.

분명 기 뱅상이 뚜껑에 보스망스의 이름을 각인한 나침

반을 선물한 바로 그날이었다. 그는 개학 무렵의 일이었다고 떠올렸다. 당시 잔다르크 학교가 아니라, 좀 더 멀리 떨어진 마을의 공립 학교에 다니고 있었다. 그는 교복 주머니에 나침반을 넣고 다녔지만, 친구들에게 보여주지는 않았다.

그는 다이어리의 빈 페이지들 사이에서 자신의 이름을 보고 놀랐다. 무엇보다 십오 년이 지나지 않았던가. 마침내 강렬한 빛이 세월을 관통해 자신에게 도달한 것 같았다. 이미 죽은 별의 빛이.

10월 20일부터 그해 말까지 모든 페이지는 하얗게 비어 있었다. 그는 다음 해의 다이어리도 분명 손에 넣고 싶었을 것이다. 하지만 그해의 다이어리는 분명 거기에 없었을 것이다. 그는 방문 뒤에서 신중한 목소리로 로즈마리 크라웰이 통화하는 소리를 들었다. "기가 감옥에서 막 나왔어." 기 뱅상이 나침반을 그에게 준 지 한참 후의 일이었다.

어느 여름날 오후였다. 방문 위로 드리운 한 점의 햇빛과 천천히 지나가서 눈을 뗄 수 없었던 파리 한 마리가 떠올랐다. 그는 더 움직일 수 없었다. 휴가철이었고, 더운 날이었다. 7월이나 8월이었을 것이다. 돌아보면 어떤 여름은 시간을 초월한다. 정확한 달이나 연도를 확인하려 해본들 무슨 소용이 있겠는가? 그는 거기에 꼼짝 않고 있었다. 그 문에 드리운 햇살 자국 앞에서.

1990년대 말, 보스망스는 편지 한 통을 받았다.

선생님,
저는 선생님 책의 독자입니다. 그리고 선생님 책에서 여러 번에 걸쳐 기 뱅상, 때로는 로저 뱅상이라는 사람이 암시되는 것을 눈여겨봤습니다. 제게는 두 사람이 같은 사람처럼 보입니다.
프랑스에 기(혹은 로저) 뱅상은 여럿 있을 거라 생각합니다. 하지만 선생님이 쓰신 '인물' 묘사를 보면, 선생님 책들 속의 기 (혹은 로저) 뱅상은 제가 오래전에 알았던 그 사람이 분명하다는 결론을 내렸습니다. 그런 이유로 감

109

히 선생님께 편지를 드립니다.

저는 기 뱅상을 뇌이에 있는 파스퇴르 고등학교에서 만났습니다. 우리는 열여섯 살이었고 고등학교 1학년이었지요. 그는 아주 호감이 가는 친구였어요, 약간 저돌적인 면도 있고요, '무모하다'고나 할까요. 하지만 언제나 다른 사람을 위할 줄 알았고, 어려움에 빠진 이들을 도울 줄도 알았지요. 학년 중간쯤 학교를 떠나서 사립 학교에 등록했어요. 제가 이따금 그 친구를 만나러 갔었지요. 기는 미국 영화를 보자며 발자크 극장에 저를 데려갔어요. 열일곱 살인데 벌써부터 단골이 된 샹젤리제와 몽파르나스의 카페 몇 곳에도 같이 갔어요. 한번은 그가 어머니와 살던 프레르 광장 근처의 집에도 따라갔었어요. 어머니가 미국 출신이라고 말했어요. 기는 주니어(?) 아니면 대학(?) 스키팀 소속이었어요. 그래서 시합이 있던 날 찍은 자신의 사진을 보내왔어요. 바로 이 편지에 동봉한 사진입니다.

그러다 전쟁이 발발했고, 그를 만날 수 없게 되었죠. 전쟁이 끝나고 얼마 있다가 우연히 기를 만났어요. 그는 미국 대사관에서 일한다고 했어요. 기는 그사이 결혼했고, 그의 아내 가엘과 함께 여러 번 만났어요. 그들은 베르티에 대로 인근의 작은 저택에 살았어요. 미국 대사관에서 자신을 위해 징발한 집이라고 설명했어요. 언젠가부터 기가 집전화를 받지 않기에 프랑스를 떠났다고 생각했어요. 기를 만나려고 미국 대사관에 가봤는데, 거기 사람들은 기를 모르더군요. 저는 기나 그의 아내 소식을 전혀 들을 수 없었습니다.

십여 년이 더 지나서 파스퇴르 고등학교에서 같은 반 친구였던 한 사법관이 전한 소식을 제외하고요. 그 친구는 기가 여러 차례 법률적인 문제에 연루되었다고 했어요. 특히 '우편환'과 관련한 엄청난 사기 사건에 휘말렸다고 하더군요. 친구는 이 사건을 세세하게 설명하고 싶어했지만 저는 도무지 이해가 되지 않았어요. 게다가 제가 알고 있던 기라면, 그도 그런 것들을 이해하지 못했을 겁니다. 그런 까닭에 저는 기가 결백하다고 생각합니다.

기가 아직 살아 있는지 어떤지 저는 모릅니다. 선생님이 상상하시는 것처럼, 이제 우리는 젊지도 않습니다. 어쩌면 선생님의 책을 보고 기가 어떤 신호를 보내지는 않았을까요. 어쨌든 저는 기를 선한 아이라고 불렀다는 것을 증명할 수 있습니다.

N.F.라는 이니셜로 서명된 편지에는 스키복을 입은 아주 젊은 남자의 사진이 동봉되어 있었다. 사진 뒤에는 검은색 잉크로 이렇게 적혀 있었다. 므제브. 1940년 2월. 대학생 스키 선수권 대회. 로슈브뢴 활강 부문. 뱅상 2위. 리코와 달마스 드 포리냐크 공동 1위.

어느 저녁, 카미유는 그에게 음흉한 질문들을 던졌다. 그녀는 이제 생라자르의 일을 그만두고 집도 옮겼다. 이제 투르넬 강변 가 65번지의 낡고 낮은 건물에서 살았다. 그곳은 당시 호텔이었는데, 그녀가 그 호텔의 유일한 손님인 것처럼 보였다. 창문은 센 강 쪽으로 나 있었다. 결국 그녀는 포세생베르나르 가에 있는 대형 카센터에서 회계 일자리를 찾았다.

카미유는 '분위기를 바꾸고' 싶었다는 말 말고는 센 강 건너편으로 갑작스럽게 넘어온 것에 대해 정확한 이유를 대지 않았다. 보스망스가 빈정대는 어투로 그 이유가 미셸드 가마와 샤탐 호텔과 '관계를 끊기' 위한 것이 아니냐고 물었을 때, 카미유는 어떤 말도 덧붙이지 않고 긍정의 의미로 고개를 끄덕이기만 했다.

그날 저녁, 강변 근처의 그랑드그레 가에 있는 작은 베트남 식당에서 보스망스가 신중해야 한다고 생각했던 주제로 대화가 옮겨갔다.

그들은 막 자리를 잡았고, 카미유가 갑작스럽게 그에게 물었다.

"알고 싶은 게 하나 있어. 왜 기 뱅상의 다이어리와 사진을 훔친 거지?"

그는 그것이 카미유가 오래전부터 자신에게 묻고 싶었던 질문이라는 것을, 그리고 마침내 물어보기로 마음먹었다는 것을 깨달았다. 지금까지 이 일은 카미유와 전혀 무관하다고 그는 생각해왔다.

"소설 쓰기 시작했어. 쓰는 데 도움이 될 구체적인 물건들이 필요했거든. 이 사진과 다이어리를 가지고 상상력을 좀 발휘해볼 수 있을 것 같아서."

그는 아주 신중하고 설득력 있게 보이려고 애썼다.

"그런데 왜 기 뱅상이야?"

카미유는 미심쩍다는 듯 고집스레 물었다. 이제 그 말의 의미를 꼼꼼하게 생각해봐야 했다.

"사진과 다이어리가 있으면 소설의 인물을 만들기가 수월하거든. 뭐, 다른 사람을 모델로 삼을 수도 있고. 가령 미셸 드 가마라든지. 혹은 너도."

"정말이야?"

그녀는 이상한 시선으로 그를 뚫어져라 쏘아보았다. 조금도 설득된 것 같지 않았다. 그는 카미유가 또 다른 질문, 자신을 위험에 빠트릴 수 있는 질문을 하고 싶어서 안절부절못한다고 생각했다.

"기 뱅상의 다이어리를 훑어봤어. 그가 어떤 페이지에 네 이름을 적은 이유가 뭘까?"

"맞아, 재미있는 일이야…. 그런데 보스망스는 벨기에와 프랑스 북쪽 지방에서는 아주 흔한 성이야."

그녀는 당황하는 것 같았다. 그는 차분하게 대답했다. 그가 덧붙였다.

"게다가 이 다이어리는 이십 년 전의 것이야… 그때 난 아직 갓난아기였다고…."

카미유가 살며시 미소 지었다.

"그래, 그런데 이름도 같잖아."

"장이라는 이름은 널리고 널렸지."

둘 사이에 긴 침묵이 흘렀고, 만약 평상시처럼 레스토

랑 카운터에 라디오가 켜져 있지 않았다면, 보스망스에게 그 침묵은 더욱더 무겁게 느껴졌을 것이다.

"더더욱 궁금한 것은, 기 뱅상이 적어둔 주소야. 지난번에 마르틴 헤이워드와 함께 갔던 집의 주소잖아."

"정말? 확실한 거야?"

그는 최선을 다해 놀란 척을 해봤지만, 이런 놀이에 짜증이 났다.

"확실하지."

그녀는 다시 이상한 눈빛으로 그를 뚫어져라 바라봤다.

"아마 기 뱅상도 그 집에 갔었나 보지 뭐."

하지만 보스망스는 이미 너무 많이 말한 기분이었다.

"아마도."

카미유는 어깨를 으쓱했다. 그리고 대화는 다시 평상시로 돌아갔다. 카미유는 포세생베르나르 카센터에서 하는 회계 일에 대해 이야기했고, 이제 이 동네에서 살게 되어 얼마나 기쁜지를 털어놓았다.

또 다른 날 저녁, 그들은 함께 투르넬과 몽트벨로 강변 가를 따라 걸었다. 봄밤이었다. 그리고 그는 생라자르와 피갈을 걸을 때보다 강변과 주위의 작은 거리들을 산책하면서 이 계절의 감미로움을 더 많이 느낀다고 말했다.

그녀가 불쑥 물었다.

"너 행복하니, 장?"

"응."

그는 감정을 많이 싣지 않고 답했다.

바로 그 순간, 그는 베트남 식당에서 카미유가 했던 질문들에 솔직하게 대답하고 싶어졌다. 그래, 기 뱅상의 다이어리 속 장 보스망스가 바로 나야. 그리고 나는 한때 너와 마르틴 헤이워드가 방문했던 독퇴르퀴르젠가 38번지의 집에 살았어.

카미유가 딱히 나쁜 마음을 품고 있지 않았는데도, 보스망스는 그녀를 경계했다. 그녀는 무언가 감추고 있었지만, 그 점에 특별한 매력을 느끼기도 했다. 그가 머리맡에 두는 레츠 추기경의 『회고록』과 다른 몇 권의 책 중 하나가 『입 다물기의 기술』이라는 제목의 교훈적인 개론서였다. 어린 시절부터 그는 이 기술을 실행해보려고 매번 노력했다. 매우 어려운 기술임에도, 그가 가장 경탄해 마지 않는 기술이자 모든 영역, 심지어 문학에도 적용할 수 있는 기술이었다. 산문과 시는 단순히 단어로 쓰인 것이 아니라 무엇보다 침묵으로 쓰여 있다고 그의 교수도 가르치지 않았던가?

처음 만났을 때부터 그는 카미유가 침묵에 엄청난 소질이 있음을 간파했다. 보스망스는 카미유가 자신의 과거와 관계, 일정, 어쩌면 회계 일까지 늘 침묵으로 일관할 수 있으리라고 빠르게 이해했다. 그 점에 대해서 카미유를 원망하지는 않았다. 우리는 사람을 그 자체로 좋아하니까. 심지어 그 사람에게 모종의 불신을 느낄 때조차도. 그런데 사소한 것 하나에 신경이 쓰였다. 샤탐 호텔의 기 뱅상 사무실에서 카미유와 함께 있었던 순간이다. 보스망스는 그 레뱅 박물관*에 전시된 사람 크기의 밀랍 인형을 떠올렸다. 가죽 액자에 든 기 뱅상의 사진이 놓여 있고, 서랍 하나에는 다이어리와 그의 이름이 적힌 편지지가 있는 책상 뒤에 앉아 있는 자기 자신. 그레뱅 박물관이었다면 이 장면에 이런 제목을 붙였을 것이다. '기 뱅상의 사무실에 온 손님.' 그리고 그는 자신이 방문하기 전날 미셸 드 가마와 카미유가 낡은 소품들을 가지고 이런 장식을 준비한 것이 아닐까, 그리고 보스망스가 예전에, 어린 시절에 기 뱅상을 알았다는 사실을 눈치챈 것은 아닐까 생각했다. 게다가 장 보스망스라는 이름과 독퇴르퀴르젠이라는 주소가 다이어리의 한 페이지에 적혀 있었다. 그들은 그 사실을 알고 있었다. 하지만 어떤 이유로 그를 위해 '기 뱅상의 사무실'을 신중하게 복원하려고 했을까? 이에 대해 카미유는 무언가 알고 있었을 것이다.

그 봄날 저녁, 강변을 따라 걸은 그들은 생쥘리앙르포 브르 가로 접어들었다. 그리고 보스망스는 답을 얻을 수

---

* 프랑스 파리 9구에 위치한 밀랍 인형 박물관이다. 당대의 화가이자 조각가인 알프레드 그레방의 이름을 따 명명되었다. 유명 인사의 밀랍 인형뿐만 아니라 역사적 사건이나 장면을 재현한 전시물이 있다.

있으리라는 큰 희망을 품지 않고 카미유에게 질문을 하기로 결심했다.

"이상하지 않아? 기 뱅상이라는 사람의 옛 사무실에 방문한 거 말이야."

그녀는 그의 팔을 잡았고, 그는 그녀의 손이 떨리고 있음을 느꼈다.

"그레뱅 박물관에 있는 기분이었어."

그는 이런 도발이 그녀를 당혹시켜서 비밀을 털어놓게 해주길 바랐다. 하지만 그런 일은 일어나지 않았다. 그녀는 아무 말도 없었다.

그들은 공원과 그리스 교회가 있는 근처까지 왔다. 그녀가 고개를 그쪽으로 향했다.

"장… 신중해야 해. 네가 잘못되길 바라는 사람들이 있어."

그녀는 아주 빠르게 말했다. 평상시처럼 느리고 평온한 말투가 아니었다. 그는 이런 반응을 전혀 예상하지 못했다.

"그 사람들이 누구야? 미셸 드가마일 것 같은데? 드와가마를 붙여 쓰는 드가마 말야?"

그는 그녀의 눈을 똑바로 응시하면서 이 문장을 말했지

120

만, 그녀는 또다시 입을 다물었다. 그들은 강변 쪽으로 방향을 틀었다. 걸어가면서 그녀는 그의 팔을 더 꽉 잡았다. 분명 카미유는 보스망스만큼이나 제대로 입 다물기의 기술을 실천했다. 그럼에도 그들은 말을 다 하지 않고도 서로를 이해할 수 있었다.

'해골' – 이젠 그 표현이 지겹다 – , 아니 카미유는 며칠 동안 파리를 떠나 있었다. 카미유는 사장이 보르도에 있는 다른 지점 장부를 확인하고 오라고 했다고 말했다. 그는 그녀가 자신의 부재를 정당화하기 위해 거짓말을 했다고 생각하지 않았다. 그녀가 떠나고 난 다음 날이 되어서야 몇 가지 의문을 품게 되었다.

정오 무렵, 누가 투르넬 강변 가의 방문을 두드렸다. 문을 연 그는 마르틴 헤이워드가 앞에 있는 것을 보고 놀랐다.

"안녕하세요, 장."

그녀는 지금껏 한 번도 그를 이름으로 부른 적이 없었

다. 그리고 카미유가 이 방에 살기 시작한 이후로 그는 이 여자를 카미유와 이 동네에서 만난 적이 없었다.

그는 그녀를 방에 들였고, 그러자 그녀는 마치 이 방이 익숙한 사람처럼 침대 가장자리에 앉았다.

"불쑥 찾아와서 미안해요. 당신에게 부탁할 게 있어서요."

그녀는 멋쩍은 미소를 지었다.

"카미유가 여기 없는 거 알아요, 카미유가 있었다면 그녀에게 부탁했을 텐데."

그는 이 방에서, 그것도 침대에 앉아 있는 그녀를 본 사실에 당황하며 계속 서 있었다. 별안간 이 여자가 이 집에 살고, 그가 이 집에 방문한 것이 아닌가 하는 느낌마저 들었다.

"우리가 2주 전에 같이 갔던 그 집으로 이사를 해요. 기억나지요, 장? 그런데 내가 운전면허증과 다른 서류들을 잃어버렸거든요."

그녀는 조금 전에 배운 문장들을 외는 것처럼 보였고, 망설이며 단어를 찾는 것 같았다.

"슈브뢰즈 근처에 있는 남편 호텔에 뭘 좀 찾으러 한 번 더 가봐야 해서요. 지난번에 우리가 함께 갔던 곳요. 그리고 그 물건들을 이사할 집에 가져다줘야 해서요. 혹시 운전해줄 수 있어요?"

그는 무어라 대답을 해야 할지 몰랐다. 계속해서 '장'이라고 부르는 게 어딘지 미심쩍었다

"차는 아래에 있어요. 제가 오퇴유에서 여기까지 면허증도 없이, 검문을 받을까 봐 두려워하면서 몰고 왔어요."

"오퇴유요?"

"네, 맞아요, 장. 이사를 하는 동안 저는 오퇴유의 아파트에서 묵었어요."

결국 우리는 매번 같은 장소로 돌아왔다. 그는 킴과 햇살이 들어온 몇 번의 오후를 생각했다. 마르틴 헤이워드가 바로 여기, 침대에 앉아 있었기에, 그는 오퇴유의 아파트에서 밤에 무슨 일이 일어나는지를 묻고 싶었다.

"거리가 좀 돼요, 장… 면허증 없이 슈브뢰즈 계곡까지 가기에는. 당신이 운전하는 것이 좀 더 신중할 것 같아요. 제가 바보 같다는 건 알아요, 하지만 경찰의 검문이 늘 겁나거든요."

똑같은 자동차로 이동하는 똑같은 경로. 그러나 머릿속은 똑같지 않았다. 그리고 그는 독퇴르퀴르젠 가의 집에 다시 간다는 생각에 두려움을 느꼈다. 그는 마치 그레뱅 박물관의 밀랍으로 만든 사람처럼 앉아 있던 '기 뱅상의 사무실'에서 카미유와 함께 보냈던 순간이 떠올랐다. 이번에는 마르틴 헤이워드가 자신을 과거의 장소들로 데리고 간다. 마르틴 헤이워드는 그가 카미유보다 훨씬 경계했던 사람이며, 무슨 꿍꿍이가 있는지 추측하기가 훨씬 더 어려운 사람이었다.

이번에 그들은 샤티용 시문을 지나 파리를 빠져나왔다. 그는 경로를 잘 알았지만, 운전을 한 지는 오래되었다. 지갑 속에 면허증은 있나 싶은 생각도 들었는데, 일단 확인하지 않는 편이 낫겠다고 생각했다. 어쨌든 매일 꾸는 꿈에서 상황이 나빠지면 잠을 깰 수 있는 것처럼, 그는 면역된 것 같은 안전함을 느꼈다.

슈브뢰즈 계곡으로 접어들었다. 그는 상쾌한 공기와 나뭇잎 사이로 스미는 부드러운 초록과 금색 빛을 느꼈다. 그랬다. 어쩌면 십오 년이 지나서 과거 속으로 되돌아온 느낌이었다.

"오퇴유에 있는 아파트에 자주 가세요?"

슈브뢰즈 계곡의 평온한 분위기를 느끼며 그는 자동차보다는 카누를 타고 강을 따라 나아가는 느낌이었다. 이제 그는 마르틴 헤이워드를 경계하지 않았다.

"내가 르네마르코의 비서이자 조력자 역할을 조금 했던 걸 알아요? 그가 사는 집은 꽤 커서… 그래서 만남의 장소가… 저녁에, 그리고 밤까지 사람들이 어울리는 클럽 같은 거지요."

"약속의 집 같은 거요?"

"그렇죠. 우린 약속의 집이라고 불러요."

그녀는 어깨를 으쓱했고, 그는 그녀가 그 이야기를 더 하고 싶어하지 않는다는 것을 알았다. 그런데 긴 침묵이 흐른 후 그녀가 불쑥 말했다.

"르네마르코는 남편 친구예요. 아들이 하나 있어요. 그런데 이 년 전에 아내가 떠났어요. 어떻게 설명해야 할까요. 불안정한 사람이에요, 그리고 돈을 버는 수완이 있는 사람이에요. 내 남편과 좀 비슷하죠…"

이런 식으로 속내를 털어놓자 그는 당황했다. 그녀는 자신이 막 언급했던 몇 마디 말을 취소하고 싶다는 듯 갑자기 덧붙였다.

"이상한 게 하나 있어요, 제가 임차한 집의 주인과 오퇴유 아파트 주인이 같은 사람이에요. 이상하지 않나요?"

그녀는 그에게 고개를 돌리고는 미소 지었다. 아마도 그의 반응을 살폈을 것이다.

"뭐, 이해가 가기도 해요. 왜냐하면 르네마르코의 대모이니까요."

"그분을 아세요?"

그는 무심한 말투로 물었다.

"잘은 몰라요. 르네마르코의 집에서 한 번 봤던 것 같아요. 로즈마리 크라웰이라는 이름이었어요."

그녀는 한참동안 그를 바라봤는데, 그는 그 이름이 불러일으킨 자신의 반응을 염탐하고 있는지 아닌지 제대로 알 수 없었다.

"르네마르코가 로즈마리 크라웰에게 돈을 많이 빌렸어요. 제 남편도 그랬고요. 그들이 젊었을 때, 그녀와 잘 알고 지냈어요."

그녀는 자기 자신에게 말하는 것 같았다. 그게 아니라면 그도 말할 수 있도록 안심시키려는 것이었을까?

"그 사람은 지금 코트다쥐르에 살아요."

"주소도 갖고 있어요?"

"아니요, 그건 왜 묻죠?"

그는 질문한 것을 후회했다. 자신도 모르게 그런 말이 나왔다.

"이름을 어디서 들어본 것 같아서요."

그녀는 다시 그를 뚫어지게 바라봤다. 어쩌면 그가 더 구체적인 방식으로 표현하기를 바라는 것 같았다. 그게 아니라면 그저 아무 생각없이 그저 그를 바라본 것일지도 몰랐다. 의심스러운 상황이라 그는 나머지 시간 내내 입을 다물기로 마음먹었다.

*

그는 물랭드베르쾨르 호텔 겸 레스토랑의 입구 층계 앞에 차를 세웠고, 아주 가까이에서 보니 그 건물은 처음에 봤을 때보다 훨씬 더 황폐했다. 그는 입구 복도에서 그녀를 따라갔다. 복도 끝에는 리셉션 사무실이 있었다. 벽에는 방의 열쇠들이 걸려 있었다. 그녀는 지나가며 열쇠 하나를 집었고, 그들은 넓은 계단을 올라갔다. 난간과 계단은 밝은 색 나무로 만들어졌다. 그 전날 전쟁이 선포되었거나 혁명이 일어나 투숙객들이 전부 다 도망간 것 같은 느낌이 올라가는 내내 들었다.

그녀는 2층에 올라가서 16호실 방문을 열었다. 나뭇잎이 살며시 열린 창문 사이로 슬며시 들어왔다. 이제 손님은 오지 않을 것이고, 식물들이 조금씩 레스토랑과 리셉션, 계단, 객실을 침범했는지 호텔은 숲으로 둘러싸였다. 옷장 하나가 활짝 열려 있었고, 옷장의 선반들은 비어 있었다. 방구석의 창문 옆에는 모피 담요가 덮인 긴 소파가 있었다. 창문 앞에는 책상이 있고, 책상 뒤에는 편안한 의자가 있었다. 의자 위에는 마르틴 헤이워드가 처음에 가지러 왔던 것과 똑같은 크기의 검은 가죽 가방이 놓여 있었다.

"아시겠죠, 제가 짐이 많지 않아요."

그녀는 소파의 끝에 앉았다. 그녀는 그에게 자기 옆으로 오라고 손짓했다.

"이 방에 오는 것도 이제 마지막이네요."

바람이 훅 불어와 창문 하나가 벽에 부딪쳤다. 그녀는 그에게 다가갔고, 머리를 그의 어깨에 기대었다. 그에게 귓속말로 속삭였다.

"당신이 내 인생이 얼마나 슬픈지 안다면…"

그러고 나서 그녀는 그를 소파로 이끌었는데, 크고 낮은 소파는 오퇴유의 아파트 거실에 있던 것들 같았다.

*

마을 어귀로 들어서고 시청과 건널목을 지나자 그는 슬며시 불안해졌다. 어쩌면 그녀가 자신에게 함정을 판 것이 아닐까, 그래서 독퇴르퀴르젠 가의 집에서 미셸 드 가마와 몇몇 하수인들이 마치 샤탐 호텔에서 그랬던 것처럼 그레뱅 박물관에 있을 법한 새로운 그림 — '십오 년 후, 어린 시절 집으로의 귀환' — 을 준비해놓고 자신을 기다리는 것은 아닐까? 그렇게 된다면 마침내 그는 이들이 자신에게 무엇을 원했는지 이해하게 될 것이다.

하지만 그가 경사진 길 끝에 도착해 차를 멈췄을 때, 그는 아무런 위험이 없을 것이라는 확신이 들었다. 길은 한적하고 조용했다.

그는 그녀와 차에서 내렸고, 뒷좌석에 두었던 검은 가죽 가방을 들었다. 그는 그녀를 따라 길 쪽으로 난 작은 대문을 지나 계단 세 개를 올라 집 현관 앞에 가방을 내려놓았다.

"차에서 기다릴게요."

그녀는 그가 집 안으로 들어가고 싶어하지 않는다는 사실에 놀라는 듯하더니, 이내 그에게 미소를 지었다.

그는 그녀가 문을 열기 전에 거리 쪽으로 되돌아갔다.

그리고 이제는 파리로 돌아가기 위해 같은 경로를 따라가고 있었다. 레메츠, 빌라쿠브레이 비행장의 격납고와 활주로, 그 뒤로는 롤랑 공원과 롬므모르 숲, 잔디밭과 몽셀과수원, 발 덩페르 그리고 폭포의 속삭임 속으로 흘러가는 비에브르 강. 그리고 훨씬 더 멀리 남아 있는 슈브뢰즈계곡.

그녀는 정면에 있는 길을 똑바로 바라보았다.

"당신이 그 집에 들어가고 싶어하지 않는다는 걸 알아요. 그러면 너무 많은 기억이 떠오르겠죠."

그는 이 말에 놀랄 수도 있었을 것이다. 그들이 독퇴르퀴르젠 가를 나서고 그녀가 처음으로 던진 말이었으니. 그러니까 그녀는 모든 것을 알고 있었다. 이제 그는 그런 사실이 완전히 자연스럽게 느껴졌고, 그렇게 될 것이라고 예상했었다. 마치 사람들이 당신에게 말하러 올 것을 이미 알고 있는 꿈속에서처럼. 꿈에서는 모든 것이 다시 시작되기 때문에, 그들이 이미 다른 삶에서 당신에게 그 이야기를 했기 때문에.

"말할 필요 없어요, 장. 이해해요."

그렇다, 말할 필요는 없다. 그들을 프티클라마르에 도착했다. 기숙사에서 가출했던 날, 그는 몇 킬로미터를 걸어가 그곳에서 파리로 가는 버스를 탔었다.

"아까는 당신을 고통스럽게 만들고 싶지 않았어요…. 그런데 로즈마리 크라웰은 작년에 돌아가셨어요."

고통스럽게? 독퇴르퀴르젠 가의 집에서 그 부인과의 기억들이 있었지만, 그는 실제로 고통을 느끼지는 않았다. 그는 킴이 자신에게 코트다쥐르에 있는 그녀의 주소를 줄 거라고 기대했다. 킴이 '르네마르코'의 편지들을 그 주소로 보냈으니까. 그렇다면 혹시 킴은 로즈마리 크라웰의 전화번호를 알고 있지 않았을까. 그는 그녀에게 전화하는 꿈을 꾸기까지 했다. 그녀의 목소리는 **오퇴유 15.28**에 걸었을 때 '통신망'속에서 듣던 목소리들처럼 멀리서 들

133

렸지만, 그녀는 그의 질문에 거의 대부분 대답했다. 이따금 침묵과 지직 소리가 났고, 그때마다 그는 통화가 끊겼다고 생각했는데, 그 후에는 로즈마리 크라웰의 목소리가 더 선명해지더니 다시금 사라졌다. 기 뱅상은 어떻게 되었나요? "그는 미국으로 아주 떠나버렸어, 우리 귀염둥이." 그녀는 그를 '우리 귀염둥이' 혹은 '우리 꼬맹이'라고 불렀다. 그리고 그에게 물었다. "그래, 우리 꼬맹이는 무엇이 되었지?" 그가 대답하려는 순간 전화가 끊겼다.

밤이 내렸고, 그들은 샤티옹 시문에 도착했다. 그가 어디로 데려다줘야 하는지를 물었다.

"오퇴유 아파트."

그녀는 한숨을 내쉬었다. 그리로 가는 것이 즐겁지 않은 모양이었다. 그녀는 '사무실로' 하고 말하는 투로, '오퇴유 아파트'라고 말했다.

"어쨌든 다음주에는 분명 그 집으로 이사를 할 거예요."

그녀는 그를 돌아보고, 슬픈 눈으로 응시했다.

"결코 너는 나를 보러 거기까지 오지 않을 것 같아."

그녀가 처음으로 말을 놓았다. 그는 아무 말도 하지 않았다.

"만약에 그 집에서 네가 관심을 가질 무언가를 찾는다

면, 너에게 알려줄게."

그는 이번에도 아무 말도 하지 않았다. 무미건조한 말투로, 평상시 대화하듯 말했던 그녀의 말이 돌연 그를 불안하게 했다.

그는 그녀를 건물 앞까지 따라갔는데, 그녀가 그의 팔을 잡았다.

"조금 걷지 않을래?"

그들은 길을 따라 올라갔다. 루베스 의사를 만났던 그 오후에, 그가 그렇게 했던 것처럼.

"카미유가 그러는데, 어느 저녁엔가 샤탐 호텔에 있는 기 뱅상의 사무실에 다녀왔다며."

그녀는 빈정대는 말투로 '기 뱅상의 사무실'이라고 말하더니 짧게 웃음을 터트렸다.

"기 뱅상의 사무실 같은 것은 있지도 않았던 거야."

그녀는 입을 다물었다. 어딘지 걱정스러워 보였다. 보스망스는 그녀가 말을 고르고 있다고, 나쁜 소식을 전할 거라고 생각했다. '너를 고통스럽게 만들고 싶지는 않지만, 기 뱅상은 죽었어.' 그 말이 그를 고통스럽게 만들 수 있다는 것은 사실이었다. 마지막 고리가 끊어질 것이고, 그의 한 시기가 완전히 쓸려갈 것이고, 그는 홀로 해안에 남겨진 고아가 될 것이기에. 그런데 무엇에서 고아가 되는 걸까? 그는 이 질문에 구체적으로 대답할 수 없었을 것이다.

"기 뱅상은 오래전에 사라졌어…. 미국으로 돌아갔어…. 그곳에서 분명 다른 이름으로 살고 있을 거야."

그는 그토록 좋은 소식을 전해준 그녀에게 고마움을 표하고 싶었다. 게다가 그녀는 그가 늘 믿어왔던 것을 확인해주었다.

*

그들은 이제 길을 반대로 걸었다. 마치 더는 헤어지고 싶어하지 않아 서로를 번갈아 데려다주는 사람들처럼. 그렇게 끝나지 않게.

"너는 어떤 사건의 목격자였던 것 같아, 십오 년 전에 독퇴르퀴르젠 가의 집에서 말이야."

그녀는 걸음을 멈추었고, 그를 두 눈으로 똑바로 바라봤다.

"그 얼간이들…. 미셸 드 가마, 르네마르코, 그리고 내 남편까지 모두… 너를 만나보려 애쓰고 있어."

그녀는 다시 그의 팔짱을 끼었고, 그 팔에 힘을 주었다. 그리고 낮은 목소리로 말했다.

"그 작자들이 우리에게 요구했어, 카미유와 나에게. 중간 역할을 해달라고."

그는 아직 확실하게 이해하지 못했지만, 그녀가 상황을 분명하게 해주기를 진심으로 바랐다.

"세 얼간이는 기 뱅상과 아는 사이야. 아주 젊었을 때였지… 푸아시의 교도소에서."

그녀는 말을 이어가는 것을 주저했다. 마치 상세하게 이야기를 들려주는 것이 수치스럽다는 듯이. 그는 그녀를 안심시키고 싶었다. 보스망스, 그 자신과 함께라면 그런 양심의 가책 같은 것은 필요 없다고.

"감옥에서 나왔을 때, 기 뱅상이 그들을 도와줬어. 남편하고 드 가마는 기 뱅상의 차를 운전하기도 하고 심부름꾼 노릇도 했지. 대략 네가 그 집에 살던 시절일 거야. 그들은 네가 그 집에서 벌어진 어떤 사건을 목격했는지 너에게 묻고 싶어해."

당연히 보스망스는 알아들었다. 그녀가 상황을 분명하게 해줄 필요는 이제 없었다. 그들은 건물 앞에 도착했다.

"그들은 너에게 이것저것 물어보고 싶어해. 순진하고 멍청한 사람들이야. 네가 보물섬의 위치를 알려줄 거라고 믿고 있어."

그녀는 그의 얼굴에 자기 얼굴을 가까이 가져갔다.

"그 작자들이 너를 해치지 않았으면 좋겠어. 어쨌든 조심해."

그녀의 입술이 그의 볼을 살짝 스쳤고, 손은 부드럽게 그의 이마를 쓰다듬었다. 건물 문이 다시 닫히기 전에 그녀는 그에게 작별 인사를 건넸다.

그는 오퇴유 시문 지하철역 쪽으로 방향을 잡았다. 빨간 신호에 서서 기다렸다가 대로를 건넜고, 유리 덮인 뮈라 레스토랑 테라스 앞에 있었다. 밤 열한 시였고, 적은 손님만이 있었다. 테라스 유리 바로 안쪽 테이블에 앉은 세 남자가 눈에 들어왔다. 그는 즉시 미셸 드 가마와 르네마르코 에리포르를 알아봤다. 세 번째 남자는 옆모습만 보였다.

그는 현기증을 느끼며 레스토랑으로 들어가 그 테이블

앞에 섰다.

미셸 드 가마는 살짝 놀랐지만, 그에게 미소를 지었다.

"무슨 바람이 불어서 여기까지 왔을까?"

그는 그에게 다른 두 사람을 가리켰다.

"르네마르코는 알 테고. 여기는 필리프 헤이워드, 마르틴의 남편이죠. 참 재밌네, 마침 당신 이야기를 하고 있었거든요. 친구들에게 당신은 좀처럼 잡을 수 없는 사람이라고 말하고 있었어요."

세 사람은 그를 조용히 바라보았다.

"카미유는 그 아파트에 두고 온 거요?" 미셸 드 가마가 빈정거리며 물었다. "앉으시죠."

하지만 그는 테이블 앞에 계속 서 있었다. 마치 악몽을 꾸고 있는 듯 꼼짝할 수 없었다. 르네마르코와 필리프 헤이워드는 그에게서 눈을 떼지 않았다.

"앉으세요. 오래전부터 당신에게 몇 가지 질문을 하고 싶었어요. 당신이 그 질문에 답을 해주길 바라고요. 당신은 아주 기억력이 좋은 아이였으니, 분명 우리에게 정보를 줄 거라고 믿습니다."

미셸 드 가마는 거친 목소리로 명령인지 협박인지 모를 말을 했다. 갑자기 보스망스는 마비가 풀리는 것 같더니 조금씩 유연성을 되찾았다.

"잠시만요… 곧 돌아오겠습니다….."

그러고는 재빨리 레스토랑 문으로 향했다. 문턱에서 그는 뒤를 돌아보았다. 세 사람은 눈을 동그랗게 뜨고 그를 쳐다보고 있었다. 그는 그들에게 손가락을 세워 엿이라도 먹이고 싶었다.

대로를 건너는 순간, 보스망스는 미셸 드 가마가 뒤에서 달려오는 것을 보았다. 무장한 건 아닐까 하는 의문이 들었다. 보스망스는 달려서 지하철역으로 뛰어들었다. 계단을 뛰어 내려갔고, 운 좋게도 곧바로 도착한 열차 안으로 들어갔다.

*

투르넬 강변 가에 있는 방으로 돌아와서 그는 센 강 반대쪽에 있다는 사실에 안도했다. 그는 침대에 누웠다. 이순간, 카미유는 보르도 혹은 어딘가에서 무엇을 하고 있을까? 바토무슈 한 대가 지나갔고 배에서 나온 빛줄기가 벽에 격자무늬를 그렸다. 어린 시절에 종종 보던 그 바토무슈, 유사한 벽 위로 미끄러져 들어오는 빛줄기였다. 그

런데 그 시절의 다른 기억 하나가 분명하게 떠올랐다. 물
웅덩이 수면에 나타난 낯선 꽃들처럼.

그는 마틴 헤이워드가 약간 쉰 목소리로 그에게 말했던
것을 다시 떠올렸다. "너는 어떤 사건의 목격자였던 것 같
아, 십오 년 전에." 그날은 독퇴르퀴르젠 가의 집에서 보
내는 마지막 날이었다. 그는 작은 뜰로 난 2층의 창문으로
우물 안으로 몸을 숙이고 있는 두 남자를 보았는데, 한 사
람은 손에 전등을 들고 있었다. 또 다른 남자가 세 개의 계
단식 정원을 뒤진 다음, 두 남자 쪽으로 왔다. 그들은 아이
방도 빼놓지 않고 방 하나하나를 샅샅이 뒤졌다. 집 앞에
서 기다리고 있던 검은 자동차 운전석에 정복을 입은 지
방 경찰이 있었지만, 다른 이들은 일상복 차림이었다. 그
들을 제외하고 집에는 아무도 없었다. 로즈마리 크라웰도,
기 뱅상도, 그가 한참 지나서 이름을 알게 된 이들도, 그리
고 정기적으로 이 집에서 마주치던 사람들도. 아니, 자네
트 쿠드뢰즈, 장 세르장, 쉬잔 부크로, 드니즈 바르톨로뫼,
카르베 부인, 엘리오트 포레스트…. 세월이 흐른 뒤 이날
을 떠올릴 때면, 그는 경찰들이 자신에게 아무 질문을 하
지 않았다는 사실에 놀라곤 했다.

그는 복도에 서 있었고, 그들 중 하나가 3층에서 내려오

는 것을 보고 깜짝 놀랐다. 그는 분명 아니가 종종 자던 지붕 창문이 있는 꼭대기 방도 수색했을 것이다. 그 남자는 그의 어깨를 툭 치며 말했다. "여기서 뭘 하고 있니, 꼬마야?" 그러고 나서 다른 동료들에게 갔다. 그 남자 역시 아이에게 물어봐야겠다는 생각은 하지 않았다. 어쨌든 그는 남자에게 대답할 말이 없었을 것이다. 바로 그날부터 보스망스는, 아직 분명하게 의식하지 못했지만 입 다물기의 기술을 실천했다.

그해 겨울이 지나갈 무렵, 꼭대기 방 오른쪽 벽의 벽돌 공사를 했다. 어느 오후, 그는 벽에 큰 구멍을 뚫는 사람들을 열린 문틈으로 보았다. 하지만 감히 들어가볼 생각은 못 했다. 자신의 방에서 며칠 동안 망치질하는 소리와 석고 무너지는 소리를 들었다. 어느 밤, 모두가 잠들었을 때 그는 슬그머니 방을 나가 3층으로 올라갔다. 방은 열쇠로 잠겨 있었다. 며칠 후, 점심을 먹고 나서 누구의 관심도 끌지 않으며 그는 그 방으로 들어갔다. 벽은 언제나 그 상태였다는 듯 매끄럽고 하얀색이었다. 구멍 뒤로 비밀의 방이 있다고 상상했던, 그들이 뚫었던 큰 구멍의 흔적은 어디에도 남아 있지 않았다.

기 뱅상은 그 시절 내내 그 집에 살았다. 그는 2층에 있는 로즈마리 크라웰의 큰 방을 썼다. 사람들이 그를 보러 왔고, 그들은 독퇴르퀴르젠 가에 차를 댔지만, 그 집에서 묵지는 않고 다시 떠났다. 보스망스는 그들의 얼굴을 하나도 기억하지 못했다. 게다가 그는 대부분의 시간을 학교에서 보냈다. 분명 기 뱅상이 다락방 공사를 지시했을 것이다. 보스망스는 복도를 지나다니는 기 뱅상의 목소리를 여러 번 들었지만, 기 뱅상이 자신을 혼내지는 않으리라는 것을 알고 있었음에도 결코 위로 올라가볼 생각을 하지 못했다.

그러다 그가 학교에 가지 않았던 어느 토요일, 그는 덮개를 씌운 작은 화물차 한 대가 집 앞에 서 있는 것을 창문으로 보았다. 두 남자가 화물차에서 내렸고, 그들은 궤짝과 커다란 천 가방 들을 내렸다. 그는 사람들이 궤짝과 가방 들을 들고 천천히 다락방까지 올라가는 소리를 들었다. 그들은 여러 번 왔다 갔다 했다. 그 후 며칠 동안 벽돌 공사가 쉼 없이 이어졌다.

*

그는 여전히 침대에 누운 채로 머리맡 전등을 껐다. 카미유는 머리맡 탁자에 작은 분홍색 상자를 두고 갔다. 그녀는 이따금 그 상자를 열어 약을 꺼낸 후 갑자기 머리를 젖히면서 약을 삼켰다. 그는 그녀가 보르도든 어디서든 약이 없어서 금단증상에 시달리지 않기를 바랐다. 그러고 나서 마르틴 헤이워드가 했던 말을 되뇌었다. "순진하고 멍청한 사람들이야. 네가 보물섬의 위치를 알려줄거라고 믿고 있어." 그는 그들에게 측은한 마음이 들 정도였다. 또다시 격자무늬 빛줄기가 벽을 내달렸다. 아까 그 바토무슈가 돌아온 것이다. 그는 다른 벽, 매끄럽고 하얀 벽, 꼭대기 방의 벽을 떠올렸다. "여기서 뭐 하니, 꼬마야?" 경찰이 그에게 물었다. 그는 그들이 정확히 어느 지점에 커다란 구멍을 뚫고 공사를 했는지 알고 있었다. 하지만 그 시절 사람들은 아이들의 증언을 들을 생각을 하지 않았다.

12월의 니스. 어느 해였는지는 확실치 않다. 1980년? 1981년? 2주 동안 비가 쉼 없이 내렸다는 것은 기억났다. 그는 시내로 가기 위해 택시를 탔다. 알자스로렌 광장 근처에서, 그때까지 조용히 있던 운전사가 갑자기 말을 꺼냈다.

"여기를 지날 때면 늘 우울해져요."

그의 목소리는 쉬었고, 파리 억양이었다. 갈색 머리의 사십 대였다. 보스망스는 그가 속내를 털어놓자 당황했다. 운전사는 택시를 광장 언저리에 세웠다.

"저기 왼쪽에 있는 건물 보이세요?"

그는 그에게 한 면은 광장 쪽으로, 다른 면은 빅토르위

146

고 대로로 난 건물을 가리켰다.

"저는 이 년 동안 한 부인의 운전사였어요. 여기 작은 아파트 4층에서 돌아가셨어요."

보스망스는 뭐라고 대답해야 할지 몰랐다. 마침내 그가 말을 꺼냈다. "오래전부터 니스에 살던 분이었나요?"

택시는 빅토르위고 대로를 따라갔다. 그는 천천히 운전했다.

"아, 선생님… 복잡한 이야기예요. 그 부인은 젊어서는 파리에 살았어요… 그러다가 코트다쥐르로 내려왔어요… 처음에는 칸느에서 캘리포니아풍 대저택에 살았죠… 그 후에는 호텔… 그리고 나서 알자스로렌 광장의 아주 작은 아파트에 살았어요."

"프랑스인이었나요?"

"맞아요. 외국 이름이긴 했지만, 프랑스인이었어요."

"외국 이름요?"

"네. 이름이 로즈마리 크라웰이었죠."

십여 년 전이었다면 보스망스는 그 이름을 듣고 깜짝 놀랐을 거라고 생각했다. 하지만 그 이후로, 이전 삶의 디테일들이 드물게 떠오를 때면, 마치 반투명 유리를 통해 보는 것 같았다.

"마지막 얼마 동안, 저는 건물 앞에 차를 세워두고 부인을 기다렸어요. 아파트를 나서고 싶어하지 않으셨거든요."

"왜죠?"

"이렇게 아름다운 여자들은 늙는 일을 참지 못하죠."

"그러면 선생님은 아름다운 여자들만이 늙는 일을 참지 못한다고 생각하나요?"

보스망스는 그렇게 말을 하면서 웃어보려고 했는데, 신경질적인 웃음만 나왔다.

"부인은 누구도 만나고 싶어하지 않았어요. 제가 근처에 없었다면, 부인은 아마 자신을 굶어 죽게 두었을 겁니다."

"그러면 크라웰 씨는요?"

운전사는 보스망스 쪽을 돌아봤다. 분명 그가 그 이름을 기억하고 있어서 놀랐을 것이다.

"남편분은 오래전에 돌아가셨어요. 부인은 유산으로 엄청 많은 돈을 받았죠."

"그러면 선생님은 크라웰 씨가 무슨 일을 했는지 아세요?"

"굉장한 모피 무역을 했어요. 아니면 그 비슷한 거요. 하지만 그건 아주 오래전 일이랍니다, 선생님. 전쟁 전부터 전쟁 동안이었으니까요."

보스망스는 어린 시절에 크라웰 씨에 대한 이야기를 들어본 적이 없었다. 게다가 어떻게 그 나이에 그의 존재를 궁금해할 수 있었겠는가?

"가장 슬픈 일은, 부인의 마지막이었어요. 아주 고약하게 엮였어요."

그가 이미 다른 누군가의 입으로 들은 표현이었다.

"고약하게 엮였다고요?"

"맞아요, 선생님. 돈을 바라는 사람들한테요. 자주 일어나는 일이지요. 젊어서 아름다웠던 부인들에게요."

"젊어서 아름다웠던 부인들요?"

"네, 선생님."

그렇게 해서 로즈마리 크라웰은 '젊어서 아름다웠던 부인'이 되었다. 독퇴르퀴르젠 가에 살던 시절의 보스망스의 머릿속에는 떠오르지 않던 수식어였다.

"선생님, 시내로 가신다고 하셨죠? 우체국 앞에 세우면 될까요? 괜찮을까요?"

"네." 보스망스는 기계적으로 답했다.

운전사는 우체국 앞에 차를 멈췄고, 다시 보스망스 쪽

을 돌아봤다.

"사진 한 장을 보여드려도 될까요?"

그는 지갑에서 사진을 꺼내어 보스망스에게 내밀었다.

"아주 젊은 시절의 크라웰 부인이 남편과 친구와 함께 에즈쉬르메르에서 찍은 사진입니다. 크라웰 부인이 주셨어요."

해변 레스토랑의 테라스 테이블에 세 사람이 앉아 있었다. 보스망스는 로즈마리 크라웰을 알아보지 못했다. 정말이지 아주 젊은 여성이었다. 오로지 시선만은 다른 시절에 자신에게 두었던 시선과 똑같았다. 그는 바로 기 뱅상을 알아봤다. 더 나이가 많은 세 번째 인물은 얼굴이 길고 작았으며, 달라붙은 검은 머리를 뒤로 넘겼고, 콧수염은 아주 가늘었는데, 이 사람이 크라웰 씨였을 것이다. 운전사는 사진을 엄지와 검지로 살며시 잡았고, 조심스럽게 지갑에 다시 넣었다.

"선생님을 귀찮게 한 것 같아 죄송합니다… 하지만 알자스로렌 광장 앞을 지날 때면 전…"

택시에서 내리면서 보스망스는 너무 당혹스러워서 어디로 걸음을 옮겨야 할지 알 수 없었다. 여러 번 길을 돌고 돈 후에, 그는 한참 후에야 자신이 어떤 길을 따라왔는지 전혀 자각하지 못한 채로 가리발디 광장에 왔음을 깨달았다. 그는 빗속에서 거의 한 시간 동안 걸었다.

보스망스는 결코 약속을 지키지 않았지만, 그 이후로 "잠시만요… 곧 돌아오겠습니다"라는 말을 종종 되뇌었다. 그 말들은 매번 그의 인생의 단절을 의미했을 것이다. 그가 투르넬 강변 가에서 홀로 보냈던 밤들, 레스토랑 유리창 속 테이블에 앉아 있던 그들의 이미지, 그리고 자신이 지하철역으로 달려가는 동안 뒤에서 쫓아오던 미셸 드가마의 이미지까지, 이 이미지들은 그의 꿈속에 두세 번 정도 출몰했다. 그다음 몇 해 동안에 몇 번의 유사한 도주와 단절이 있었을 것이다. 그리고 그것들은 그가 종종 반복해 말했던 두 문장으로 요약할 수 있다. "이제 농담은 충분해" 혹은 "관계를 끊어야만 한다"라는 문장으로. 그리고 그의 인생은 오랫동안 이런 단속적인 리듬을 따랐다.

카미유는 이제 소식을 전해오지 않았다. 보스망스는 카미유가 방에 에테르 향을 남겨두었다는 생각이 들었는데, 어린 시절부터 익숙한, 상큼하고 묵직한 향이었다. 여름이 시작되었다. 7월 1일, 아침 7시쯤 일어났다. 그는 옷 몇 벌을 여행 가방에 챙겼다. 그리고 모든 것을 잊게 해줄 찬란한 그 아침에, 투르넬 강변 가에서 리옹 역까지 걸어갔다.

역의 창구에서 그는 생라파엘로 가는 이등석 기차표를 샀다. 열차는 9시 15분에 출발했다. 휴가철이 시작되는 첫날이었고, 객실에는 빈 자리가 하나도 없었다. 그는 내내 통로에 서 있었고, 콜리올리 가의 좁은 길의 건물들이 아래쪽으로 연이어 지나가는 것을 보면서, 거기에 자신의 무언가를 두고 온 것 같은, 영원히 파리를 떠나는 기분이 들었다.

생라파엘에서 그는 버스를 타고 해안을 지나서, 산길처럼 느껴지는 구불구불한 길을 따라간 후에 모르 산맥에 있는 마을에 다다랐다. 밤이 내렸고, 그는 광장의 카페 위층에 있는 방을 빌렸다. 곧 카페의 불빛이 꺼졌고 침묵이 내려앉았다. 누구도 여기로 그를 찾아오지 않을 것이다. 마르틴 헤이워드가 세 명의 '멍청이'라고 불렀던, 대부분의 멍청이들처럼 위험할 수 있는 미셸 드 가마, 르네마르코 에리포르, 필리프 헤이워드, 그중 누구도 찾아오지 않을 것이다.

잠들기 전에 그는 지난 몇 달간의 다채로운 사건들을 돌아보려 애썼다. 오퇴유 아파트, 슈브뢰즈 계곡, 그리고 독퇴르퀴르젠 가가 갑자기 멀게만 느껴졌다. 세 '멍청이'들이 마르틴 헤이워드가 임차한 집에 수시로 들락거리며 기뱅상이 보물을 숨긴 곳을 찾으려 할 거라는 생각을 하자 웃음이 터져 나왔다. 십오 년 전에 경찰들이 실패했다면, 그 집의 벽을 모조리 부수지 않는 한 이 작자들이라고 나을 것은 없을 것이다. 그들은 '자신들의 마지막 카드'를 사용했다고 생각했을 테지만, 그들의 얼굴만 봐도 그들이 살면서 결코 좋은 '카드'를 잡아본 적이 없음을 짐작할 수 있었다.

그는 그날 아침 아주 일찍 일어났다. 한적한 작은 광장에 있는 카페는 아직 열지 않았다. 그는 잠든 마을을 걸어서 우체국 앞을 지나갔다. 샤탐 호텔이든 오퇴유의 아파트든 그들 앞으로 전보를 보내고 싶었다.

힘내요. 찾으면 꼭 알려주시고요.

하지만 우체국은 오후 3시부터 5시까지만 문을 열었다. 그리고 그들은 전보가 어디에서 왔는지를 알게 될 터였다. 그들은 그를 찾으러 여기에 올 것이고, 그를 강제로 파리로 데려갈 것이다.

카페 앞에 테이블 몇 개가 놓여 있었다. 그는 그중 하나에 자리를 잡았다. 불확실한 몇 달을 보냈으니 이 마을에서 긴 계절을 보내야겠다고, 때때로 버스를 타고 만의 해변에 가서 수영을 즐겨야겠다고 그는 생각했다.

그는 여행 가방에 편지지 뭉치를 가지고 왔다. 무더운 오후가 시작될 무렵, 작은 광장 그늘에 있는 카페 테이블에 앉았다. 그리고 아마도 소설의 첫 문장이 될 문장을 썼다. 그러고 나서 되는 대로 몇 가지를 메모했다. 최근 얼마간 경험한 일에 대해 이야기하고 싶었을 것이다. 십오 년이 지난 어느 날, 지금까지 잊고 있었던 어린 시절 추억들이 떠오른다. 기억상실증에 걸린 당신은 그렇게 약간의 기억을 되찾는다. 당신이 존재조차 모르고 있던 어떤 사람들이 그 기억을 떠오르게 해주었고, 그들은 십오 년 전에 당신이 어떤 사건의 목격자였다는 사실을 알고 당신을 찾고 있었다. 십오 년, 이미 너무 오래전이다. 다른 증인들이 사라지기에도 충분한 시간이다. 하지만 당신의 증언이 필요한 이 사람들은 당신과 같은 이유로 잃어버린 시간을 찾아나서지 않았다. 이 '멍청이'들과 당신 사이에는 어떤 오해가 있다. 그래서 당신은 제대로 그들과 관계 맺을 수 없었으며, 그들을 안내할 수도 없었다. 비록 당신과 그들이 똑같은 길을 걸어왔다 해도.

아주 이른 아침, 그는 만으로 가는 첫 차를 탔고, 라푸에서 내렸다. 그러고 나서 해변을 따라 걸어가 팜플론 해수욕장에 다다랐다.

그 시절 7월 초의 바닷가는 아직 한적했다. 그는 바다에서 수영한 후에, 대나무로 만든 오두막과 파라솔로 해를 가린 테이블 몇 개가 있는 모래밭에 누웠다. 술집으로 사용하는 더 큰 오두막에서 한 남자가 나와 그를 향해 걸어왔다. 오십 대에 하와이풍 셔츠와 빨간 반바지 차림이었다.

남자는 그를 뚫어지게 쳐다보면서 그의 앞을 지나갔고, 보스망스는 남자가 계속 걸어갈 거라고 생각했다. 그런데 남자가 몇 걸음 걷고 나서 몸을 돌리더니 보스망스 쪽으로 돌아왔다.

"물 온도가 적당한가요?"

"아주 좋아요."

"수영하기 좋은 시간이죠."

그는 눈을 가늘게 떴다.

"당신을 알아요… 카미유 뤼카와 함께 만났었지요…"

그러자 보스망스도 그를 알아봤다. 카미유가 '로브 박사'라는 직함과 성으로 소개했던 남자였고, 그와 함께 두세 번 정도 베플러 레스토랑에서 점심을 먹었다. 불로뉴숲으로 이어지는 작은 길에 있는 그의 집에 둘을 초대하기도 했었다. 보스망스는 잠시 머뭇거렸다. 그는 말을 자르고 이렇게 말하고 싶었을 것이다. '아니요, 선생님, 사람 잘못 보셨어요.' 하지만 그는 거짓말하는 것을 주저했다. 카미유는 이 남자를 만나 좋은 영향을 받은 것 같았다. 단정하게 옷을 입고, 공증인이나 지방의 약사, 혹은 대학교수처럼 안심이 되는 인상에 아주 정중한 남자였다. 어떤 상황에서 카미유가 그 남자를 알게 된 것인지는 알 수 없었지만, 분명 미셸 드 가마, 르네마르코 에리포르 혹은 필리프 헤이워드 주위에서는 아니었다.

"로브 박사님?"

"네, 맞아요."

당연히 그의 하와이풍 셔츠와 빨간 반바지는 눈에 거의 띄지 않는 파리의 옷차림과는 다른 분위기를 풍겼다.

보스망스는 일어나서 그와 악수를 했다.

"그런데 카미유는?"

"파리에 있어요, 곧 여기로 올 겁니다."

보스망스는 왜 이렇게 답을 했을까?

"카미유를 볼 수 있으면 좋겠네요. 편한 시간에 와서 우리와 함께 점심을 먹어요. 아무 날이든 1시쯤에요. 카미유와 함께 오시든지 선생 혼자 오시든지요. 저기, 보이시죠?"

그렇게 말하고 나서 늘어선 대나무 오두막과 테이블이 있는 쪽을 가리켰다.

그는 보스망스에게 악수를 청하고는 오두막 쪽으로 멀어졌다. 몇 미터쯤 걸어가더니, 그가 돌아섰다.

"여기 좋지요, 그렇지요? '여기로 와, 포도주가 해변으로 흘러간다'. 랭보의 시인데, 아시죠?"

그러고는 팔로 크게 손짓하며 인사했다.

*

"우리와 함께 점심을 먹어요." 보스망스는 '우리'가 누구를 의미하는지 생각했다. 그의 친구들? 그러자 카미유가 여기 없어서 로브 박사와 '아무 날 1시'에 점심 먹을 계획을 잡을 수 없는 것이 못내 아쉬웠다. 랭보의 시를 그녀에게 말해주지 못해서도.

그는 카미유와 로브 박사가 어떤 관계인지 제대로 알지 못했다. 카미유는 로브 박사가 '많은 사람들을 도와'라고 말했다. 로브 박사는 카미유가 먹는, 작은 분홍색 약통에 든 알약의 부작용을 완화해줄 약을 처방해주었다. 그는 이 정도만 알고 있었다. 그리고 카미유는 그 약과 알약들을 섞어서 '파나셰*'라고 불렀다.

그런데 카미유는 어디에서 로브 박사를 알게 되었을까? 그가 운영하는 제약 연구소에서? 그녀가 말하곤 했던 회계 업무를 그곳에서 봐주다가?

피서객들이 점점 더 많아지는 오후가 되자 그는 해변을 떠났다. 그는 똑같은 길을 반대로 걸어서 라푸까지 가서

* panaché. 맥주에 레모네이드를 섞은 술

마을로 돌아가는 버스를 기다렸다.

그러지 말았어야 했다. 팜플론에서 해수욕을 하고 로브 박사를 만난 일은 전혀 신중하지 못했다. 카미유와 관련해서도 마찬가지였다. 그는 여기로 오라고 말할 정도로 카미유를 충분히 신뢰하지 않았다. 다른 사람들에게 알려질 위험이 있었다. 어쨌든 이곳에는 모든 것을 피해서 여름의 한복판까지 미끄러지듯 들어가게 해줄 조용하고 비밀스러운 해변들이 있었다.

그 마을에서 그는 아침마다 방이나 밖에서, 카페의 테이블에 앉아서 계속해서 글을 썼다. 책의 제목은 임시로 '여름의 어둠'이라고 붙였다. 실제로 미디 지방의 빛과 그가 알고 있는 수상한 사람들이 살아가는 파리 거리의 빛이 대조를 이루었다. 글을 써나가면서, 그는 그들을 전혀 두려워하지 않아도 되는 평행세계 속으로 그들을 밀어 넣었다. 그는 자기 주변에서 보고 추측하고 혹은 상상했던 모든 것을 마침내 글로 쓴, 밤의 관람객이었다.

그는 파리에서, 투르넬 강변 가의 방에서 글을 쓰기 시작할 수도 있었을까 하고 생각했다. '멍청이'들의 지속적인 위협을 받으면서 글을 쓴다는 것은 불가능했을 것이다. 밤에 유리창 속 테이블에 모여 있던 세 사람, 그리고 그 중 하나가 지하철역까지 쫓아오던 마지막 이미지가 머릿속에서 떠나지 않았다.

그는 기꺼이 여름이 끝날 때까지 파란색 볼펜으로 하얀 종이 위에 글을 쓰며 미디 지방에 머물 것이다. 태양과 여름빛은 그가 그곳에서 더 선명하게 볼 수 있게 해주었으며, 파리에서처럼 길을 잃게 두지 않았다. 하지만 그의 수중에 남은 돈이 거의 없었다.

그는 팜플론 해변으로 다시 가고 싶었고, 로브 박사를 만나고 싶었다. 그에게 상황을 설명한다면, 아마도 이 지방에 더 오랫동안 머물 수 있게 도와줄지도 몰랐다. 그는 이런 생각을 빠르게 포기했다. 누군가의 도움을 받지 않고 스스로 헤치고 나아가야 했고, 고독은 책을 완성하기 위해 필요한 조건이었다. 그는 로브 박사가 카미유에 대해

이야기할까 봐, 그리고 그녀를 오게 하라고 제안할까 봐
두려웠다. 카미유가 있으면 이전 삶으로 끌려갈 수 있음을
잘 알고 있었기에, 그는 카미유가 오지 않기를 바랐다.

8월 15일이 지나 그는 파리로 가는 기차를 탔다. 열차는 아주 이른 아침에 떠났고, 올 때와는 반대로 객실은 절반쯤 비어 있었다. 그날 저녁, 그가 리옹 역 플랫폼에 발을 디디는 순간, 파리의 아주 작은 길까지 잘 알고 있었음에도 처음으로 온 듯한 느낌이 들었다. 그는 글을 거의 다 썼고, 그 글을 통해 지난 몇 해 동안의 무게와 암울함을 벗어던졌다.

20상팀이 남아 있었고, 이 돈으로는 지하철 표를 살 수 없었음에도 마음은 가벼웠다. 그는 센 강을 건넜고, 이탈리 대로를 지나 파리 남쪽 동네로 접어들었다. 이따금 벤치에 앉아서 주변에 지나가는 사람들과 건물들의 정면,

그리고 드물게 지나가는 자동차를 바라보았다.

그는 몽수리 공원과 통브이조아르 가를 지나 라부아베르트 가까지 걸어갔다. 그리고 거기에서 이전에 머물렀던 작은 호텔로 들어갔다. 그는 예전 엘리베이터를 다시 탔고, 방은 모르 산맥의 마을에서 묵었던 곳과 매우 흡사했다. 열기를 내보내려고 창문과 녹색 덧창을 열었을 때, 파리의 8월 밤은 그곳과 똑같았다.

*

다음 날 아침, 그는 일찍 일어났다. 전날 밤, 방에 있는 작은 옷장에 옷들을 정리하면서 바지 주머니에서 5프랑짜리 지폐를 발견했다. 그는 지하철을 타고 프랑클랭 데루즈벨트역에 내렸다.

작년부터 그는 상당히 값나가는 손목시계를 차고 있었다. 콜랭쿠르 가에 있는 로마 호텔 방의 나이트 테이블 서랍 속에서 발견한 것이다. 일명 '해골'이라 불리던 카미유 뤼카를 알게 되었던 겨울의 일이다. 그녀의 영향이었을까? 어쨌든 그는 시계를 호텔에 돌려주지 않고 간직했다.

카미유와 함께 두세 번 갔었던 피에르샤롱 가에 있는 전당포로 들어가기 전에, 그는 손목에서 시계를 풀었다. 카미유는 전당포에 모조 보석들을 맡겼는데, 매번 그 대가로 받은 돈에 실망했었다. 창구에서 그는 400프랑을 받았다. 일 년 후, 그는 책을 출간한 후 다시 피에르샤롱 가로 가서 시계를 되찾아 로마 호텔에 가져갔다. 시계를 잃어버린 고객의 이름을 알 수는 있겠지만, 시간이 너무 많이 흘러버렸다. 오십 년이 지났음에도 그는 여전히 가책을 느꼈다. 훔치고 잃어버렸던 그 시계는 그 자신이었던 이상한 젊은 남자를 떠오르게 했기 때문이다.

*

그는 라부와베르트 가의 호텔 방에서 원고를 마무리했고, 그 동네를 더는 떠나지 않았다. 텅 비고 무력한 8월의 파리는 7월에 찾아냈던 숨겨진 해변들 같은 그의 정신 상태와 묘한 조화를 이루었다. 그는 여름이 결코 끝나지 않기를 바랐다. 그러면 더위와 고독 속에서 글을 계속 쓸 수 있을 것이다.

이것이 정말 고독이었을까? 아주 이른 아침, 그리고 저녁이면 그는 통브이조아르, 몽수리 공원, 가장 가, 레유 대로 구역을 걸었다. 파리에서 여름을 제대로 느낄 수 있는 곳, 결국 그곳에 녹아들자 고독은 더 이상 문제가 되지 않았다. 그저 발길 닿는 대로 몸을 맡기고 길을 떠돌면 그만이었다.

몽수리 공원을 따라 걷던 어느 저녁, 그는 공중전화 부스로 들어가서 투르넬 강변 가에 있는 호텔 전화번호를 눌렀다. 그는 한여름 사라진 섬에서 전화를 걸었다.

"뤼카 양과 통화할 수 있을까요?"

"누구요? 다시 이름을 말씀해주세요."

그는 아주 멀리서 들려오는 상대방의 목소리가 너무 밝아서 놀랐다. 그는 이름을 다시 말했다.

"그 사람 소식은 못 들었어요. 한 달이 되었네요. 간다는 말조차 없이 떠났어요."

남자는 전화를 끊었다. 예상했던 일이다. 당연한 일이었다. 7월 1일, 미디 지방으로 가는 기차를 탄 이후로, 그는 그 여름 이후 무엇도 전과 같지 않을 거라고 확신했다. 이런 확신은 돌아오면서 훨씬 더 분명해졌다. 햇빛에 노출된 사진이 서서히 희미해지듯, 여름은 지난 몇 달을 지워버렸다. 그가 다시 찾은 도시는 그에게 부재와 기대의 느낌을 동시에 갖게 했다. 혹은 정지된 시간의 느낌을. 그는 평생 어깨에 짊어지고 살아야 한다고 생각했던 중압감에서 벗어났다.

그는 여러 번 오퇴유 아파트에 전화를 걸었지만, 아무도 받지 않았다. 킴과 아이는 어디에 있을까? 늦은 오후에 몽수리 공원 끝자락의 나무 그늘 아래에 있는 똑같은 전화 부스에서 늦은 오후에 그는 샤탐 호텔에 전화를 걸었다.

"미셸 드 가마 씨와 통화할 수 있을까요?"

"몇 호실인가요?"

남자의 목소리는 친근했고, 부드럽기까지 했다.

"객실 번호는 없어요. 그는 호텔 경영진입니다."

"경영진이라고요? 제가 이해가 잘 안 되는데요…."

어조가 더 딱딱해졌다.

"호텔 대표인 기 뱅상의 동업자예요."

"동업자요? 잠시만요, 사장님을 바꿔드리겠습니다."

그는 몇 분을 기다렸고, 그 몇 분 동안 전화를 끊고 싶었다. 공중전화 부스로 들어가면서 이런 대답을 들으리라는 것을 막연하게 예감했다. 그럼에도 그가 전화를 걸었던 것은 그 사실을 확인하기 위해서였다.

"정확히 뭘 원하십니까?"

남서쪽 지방 억양이 묻어나는 이 남자의 목소리는 먼저 전화를 받았던 이보다 굵었다.

"저는 미셸 드 가마와 통화하고 싶습니다. 호텔 사장인 기 뱅상과 동업하는 사람요."

"무슨 말씀이시죠? 저는 그 두 사람을 전혀 모릅니다. 이 호텔의 유일한 대표는 바로 접니다."

"정말 미셸 드 가마를 모르시나요? 정말 이상하네요. 저에게 뭔가 숨기시는 것 같은데요."

"무슨 말씀이신지. 그럼 이만 끊겠습니다."

그렇게 말하고 남자는 전화를 끊었다.

보스망스는 공중전화 부스에서 나왔고, 주르당 대로를 따라 걸었다. 그가 예상했던 그대로였다. 그래서 터지는 웃음을 참을 수 없었다. 몇 달 전만 해도 몹시 당황스러운 일이었을 것이다. 그는 카미유와 미셸 드 가마가 만나던 생라자르의 카페를 떠올렸다. 그리고 결국엔 그레뱅 박물관의 배경에 불과했던 '기 뱅상의 사무실'을 떠올렸다. 그리고 미셸 드 가마가 오퇴유 시문에서 자신을 쫓아오던 밤에 느꼈던 불편함, 아니 공포를 떠올렸다. 그런데 이제 그 남자를 아는 사람은 아무도 없었다.

전날보다 시원해진 8월의 늦은 오후였고, 나뭇잎들이 살랑이는 소리를 들을 수 있을 정도로 차가 거의 다니지 않았다. 그는 대학 기숙사 건물들을 따라 걸었다. 학생들은 방학을 맞아 기숙사를 떠났을 것이고, 해가 내리쬐는 건물들과 잔디밭은 한적했다. 그는 발길을 돌려 가장 가를 따라 걸었다.

파비옹 뒤 락 카페는 열려 있었고, 그래서 그는 테라스의 테이블에 앉았다. 그는 유일한 손님이었다. 몽수리 공원의 작은 길에서 아이들의 큰 목소리와 고함 소리가 들렸다. 그해 겨울과 봄 동안 그가 만났던 사람들은 이제 너무 멀리, 지평선에서 사라진 그림자처럼 느껴졌다. 그가 오퇴유의 아파트 문을 두드리고, 킴이 그에게 문을 열어주었던 두 번의 오후를 제외한 파리의 몇 달은 그의 책 때문에 잿빛과 어둠으로 남을 것이다. 그 책은 그들에게 영감받았다. 그는 그들의 삶과 심지어 그들의 이름까지 훔쳤고, 그들의 삶은 이제 책의 페이지 사이에서만 존재할 것이다. 현실 속에서, 파리의 거리에서 그들을 만날 기회는 없을 것이다. 그러고 나서 여름이 왔다. 그가 지금껏 단 한 번도 경험해보지 못했던 여름, 어찌나 빛이 투명하고 강렬한 여름이었는지 그 유령들은 결국 사라져버렸다.

그는 독퇴르퀴르젠 가 집의 전화번호를 알아보기 위해 전화국에 문의했다. 로즈마리 크라웰과 기 뱅상이 살던 시절과 같은 번호일까? 그는 잠시 당시 사람들이 하던 말처럼 '수화기 끝에' 둘 중 하나가 있다고 상상해보았다. 결국 시간에 훼손되지 않았을 전화선을, 그 전화선 덕에 자취를 잃어버린 사람들과 다시 연락할 수 있는 꿈을 꿀 수 있었다.

아무도 전화를 받지 않고 벨 소리가 이어졌다. 전화는 여전히 2층의 큰 방에 있었다. 그곳에서 그는 로즈마리 크라웰이 "기가 감옥에서 막 나왔다며?"라고 말하는 소리를 들었다. 기 뱅상이 이 방을 사용했을 때, 보스망스는 그

방에서 전화가 자주 울렸으며, 기 뱅상은 늘 짧게 통화를 끝냈다는 사실을 알아챘다. 기 뱅상은 누구를 이해시키기 위해서 말을 많이 할 필요가 없었다. 집에 둘만 있던 어느 일요일 오후에 기 뱅상이 그에게 말했다. "전화벨이 울리면, 네가 전화를 받고 나는 파리에 갔다고 설명하렴." 그리고 이런 일을 시킨 사실을 갑자기 후회하는 사람처럼 덧붙였다. "이건 말이지, 절대 거짓말이 아니야, 친구들에게 종종 하는 농담 같은 거란다…" 어쨌든 결국 기 뱅상은 그에게 거짓말을 시키지는 않았다. 그날 전화벨은 울리지 않았으니까.

그는 늦은 오후에 다시 독퇴르퀴르젠 가 집의 번호를 눌렀다.

"여보세요… 누구세요?"

이번에는 누군가 빠르게 전화를 받았다. 남자의 낮은 목소리였다. 보스망스는 당황했다. 그는 조용히 있었다.

"들리세요?"

그때 보스망스가 덤덤한 목소리로 말했다.

"마르틴 헤이워드와 통화하고 싶습니다."

이 이름을 발음한 것만으로 그는 또다시 지난 몇 달 동안의 어둠과 불확실성 속으로 빠졌다.

"전화 잘못 거셨습니다. 여기는 그런 사람이 없습니다."

보스망스는 그 대답에 마음이 놓였다.

"그 사람이 그 집을 임차한 걸로 아는데요."

"아닙니다. 이 집은 한 번도 임대되지 않았어요. 일 년 전부터 매물로 나와 있어요."

"그런데 저는 몇 달 전에 그 사람과 함께 그 집을 방문했습니다. 부동산 중개소 사람과 함께요."

보스망스는 분명하고 단호한 목소리로 말했다. 그 사실에 스스로 놀랐다.

"부동산 중개소요? 어디를 말씀하시는 걸까요? 어쨌든 저희는 아닙니다. 그리고 저희만 이 집 매매를 담당합니다."

그는 이제 무어라 대답해야 할지 몰랐다. 머릿속에서 문장 하나가 떠올랐다. "부동산 중개인은 검은 블라우스를 입었어요." 그가 말할 수 있는 유일한 단서이자, 미지의 여자에 대해 남게 될 유일한 사항이었다. 하지만 그는 상대방이 장난 전화로 생각해 바로 전화를 끊으면 어쩌나 걱정이 되었다.

"임대 계약서에 집주인인 로즈마리 크라웰의 이름이 적혀 있었어요. 저는 아주 오래전에 크라웰 부인을 알았고요."

침묵이 흘렀다. 그러고 나서 말했다. "크라웰 부인을 알
았다고요?"

상대방 목소리의 억양이 바뀌었다. 그 목소리에 놀라움
이 베어 있었다.

"네, 제가 그 집에 살았어요. 크라웰 부인이 그 집에서
살았던 시절에요. 십오 년 전이죠."

또다시 정적.

"어쨌든 아주 흥미로운 이야기로군요…. 저는 제 부동
산 중개소를 통해서 이 집을 담당하고 있어요…. 그런데
쉽지가 않네요…."

상대방이 속내를 털어놓기 직전이었다. 몇 마디 거들면
술술 말할지도 모른다.

"쉽지 않다고요? 놀라운 일도 아니죠… 크라웰 부인은
아주 특이한 분이었으니."

"그렇긴 하죠. 부인이 죽고 복잡한 상속 문제가 남았어
요."

"정말요?"

"저희는 몇 달 전부터 상황을 정리하려고 노력했어요.
하지만 부인은 정말 고약하게 엮여 있었어요. 서류가 방대

해요. 솔직히 말씀드리면, 가끔은 다 그만두고 싶답니다."

"안 좋게 엮였다고 하셨는데요. 그 이름들을 알려주세요. 아마도 제가 선생님께 몇 가지 정보를 드릴 수 있을 것 같아요."

"제가 선생님을 신뢰해도 될까요?"

누구인지도 모르는 사람에게 도움을 청하는 사람들처럼, 그 서류는 남자가 충동적으로 질문을 할 정도로 방대했을 것이다.

"에리포르 씨라는 사람이 상황을 복잡하게 만들었어요… 그와 그의 두 친구분이요."

"르네마르코 에리포르?"

"맞아요. 아는 분인가요?"

"조금요. 그러면 다른 두 명이 누구인지도 알 수 있을 것 같군요. 드 가마라는 이와 필리프 헤이워드라는 남자죠."

이 이름들을 발음하는 순간, 보스망스는 막 끝낸 소설 탓에 그들이 정말 실재하는지 의심을 품었다. 세 사람은 소설에서 주변 인물로 등장했다.

"맞아요… 바로 그들이에요. 에리포르, 헤이워드 그리고 드 가마. 그 서류를 아시는 모양이군요. 선생님 성함이…"

그는 이 질문에 당황했고, 경계심을 품었다. 그러니까

모든 것이 몇 달 전처럼 다시 시작될 위험이 있었다. 또다시 그를 함정에 빠뜨릴지도 모른다. 그는 수화기에 귀를 바싹 대고 엿듣는 미셸 드 가마와 커다란 방의 안락의자에 앉은 부동산 중개인 뒤에 서 있는 다른 두 사람을 상상했다. 그리고 중개인에게 자신을 집으로 끌어들일 수 있도록 무슨 말이든 하라고 낮게 속삭이는 미셸 드 가마를 떠올렸다.

"제 이름은 장 보스망스입니다."

그는 도전적인 말투로 대답했다. 그리고 이렇게 덧붙이고 싶었다. '당신 옆의 다른 세 명에게 분명하게 말해주세요. 내가 기 뱅상이 보물을 숨긴 장소를 알려줄 거라고 기대하지 말라고요.' 하지만 그 문장은 너무 진부한 데다, 그 문장이 환기하는 과거 또한 너무 멀게 느껴져서 그는 입을 다물어버렸다.

"선생님, 제가 말씀드렸듯 상황이 너무 복잡해요… 에리포르는 자신이 크라웰 부인의 양자라고, 그래서 유일한 상속자라고 자처하고 있어요. 동시에 그자는 자기의 대모라는 이에게서 거액의 돈을 횡령했고, 심지어 막대한 서류를 위조하기까지 했습니다."

그의 말이 점점 더 빨라졌다. 분명 그는 이 '막대한 서류'

에서 해방되길 원했을 것이다.

"크라웰 부인이 오퇴유 구역에 소유한 아파트와 마찬가지로 이 집도 기탁된 상태입니다. 그래서 법원의 판결을 기다리고 있어요…. 에리포르와 그의 두 친구는 사라졌고요."

그는 그럴 수 있겠다고 생각했지만, 그럼에도 이상했다. 그가 소설을 탈고한 바로 그 순간에 사라지다니. 그런데 킴과 아이는?

"크라웰 부인은 정말 잘못 엮였어요. 그래서 일을 처리하기가 복잡해졌어요."

마치 너무 오랫동안 이 모든 사실들을 떠안고 있었다는 듯, 남자는 점점 더 말이 많아졌고, 그의 목소리는 점점 알아들을 수 없게 되었다. 보스망스는 전화를 끊었다. 모든 것은 결국 지겨워지기 마련이다. 그래서 그날 아침, 그는 원고의 203페이지에 '끝'이라는 단어를 적었다. 그는 호텔에서 나와서 주르당 대로 쪽으로 걸었다. 이제 그는 예전의 그가 아니었다. 그가 글을 쓰는 동안, 그리고 책의 페이지가 이어지는 동안, 그의 삶의 한 시기가 녹아내렸거나, 압지처럼 페이지들 사이로 흡수되었다.

사라졌다. 전화 상대는 이렇게 표현했다. 그래, 사라졌어. "에리포르와 그의 두 친구는 사라졌어요."

그는 이 문장을 계속 되뇔 수밖에 없었다. 그러자 그는 웃고 싶었다. 그 생각을 한참 하고 있자니, 그가 지난 십오 년간 알고 지냈던 사람들 중 대부분이 사라졌구나 싶었다. 기 뱅상, 로즈마리 크라웰 그리고 다른 많은 사람들까지. 그리고 에리포르, 드 가마, 헤이워드 부부, '해골'이라 불리던 카미유 뤼카도 갑자기 사라졌다. 여름 한철이면 충분했다. 요컨대 그가 글을 쓰는 데 영감을 준 모든 유령이 사라지기까지.

덧없고 우연한 만남들이었기에, 이 사람들에 대해서 많은 것을 알 시간이 없었고 그들은 어떤 미스터리 속에 싸인 채 남을 것이다. 보스망스는 결국 이 사람들이 상상 속 인물들이 아니었을까 하는 생각을 하기에 이르렀다.

그 이후 몇 년이 흐르는 동안, 사람들은 그도 몰랐던 자신의 소설 속 몇몇 인물의 디테일을 알려주었다. 그들의 이름 때문이었다. 이 사실은 현실의 삶과 허구 사이에 어렴풋한 경계가 있음을 증명해주었다. 가령 마약단속반이라는 어느 형사가, 자신을 독자로 소개하며, 경찰의 기록 보관소에서 정확하게 르네마르코 에리포르와 그의 두 친구, 미셸 드 가마와 필리프 헤이워드의 흔적을 발견했다는 내용의 편지를 보내왔다. 사실을 말하자면 아주 간단하다. 1944년 봄과 여름에, 생라자르 역 인근 카페를 드나들던 세 젊은이가 '몇 가지 불법거래'를 했다는 혐의로 경찰 조사를 받았다. 생라자르 경찰서 조서 몇 줄에 그들의 이름이 언급되었다. 그리고 더 이후인 1944년 9월, 정보과의 문서에서 '정확한 신원을 알 수 없지만, 아주 젊은 나이에도 미군 장교 차림을 한 에리포르 대위라고 불리는 자와 그의 친구들, '레나토 가마'라고 하는 미셸 드가마와 FFI* 복장을 한 필리프 헤이워드'가 언급되었다. 이 세 사람은 이미 경찰 용의선상에 있었다. 자칭 에리포드는 파리7구의 생시몽 가 18번지에서, '골동품점'을 운영하는 정부인 숄레 부인 집에 살았다. 그렇다, 아주 간단하다. 그런데 겉으로는 정확해 보이는 이 사실이 그들이 정말로 존재했음을 증명하기에 충분한 디테일일까?

　　사라졌다. 그래서 그의 책에서 그들은 반쯤 지워진 흔적들로 남았다. 그는 열흘 전에 파리로 되돌아왔을 때보다 훨씬 더 가벼운 마음으로 주르당 대로를 따라 걸었다. 몽

---

* FFI는 Forces françaises de l'intérieur의 약자로 프랑스 국내군이라는 의미이다. 이는 제2차 세계 대전 중 프랑스의 저항 운동을 수행한 무장 조직으로, 나치 독일의 점령에 저항하고 자유 프랑스를 지원하기 위해 구성되었다.

수리 공원을 따라 걸었고, 소로 가는 노선*이 서는 열차 역 앞을 지났다. 그러고 나서 전보다 사람들이 많아진 것 같은 바벨 카페로 갔다. 기숙사의 학생들은 이제 방학을 마치고 돌아왔을 것이다. 그는 이렇게 깊게 심호흡한 적이 없다는 사실을 떠올랐다. 만약 그가 달리기 시작했다면, 수백 미터를 달리는 동안 고른 호흡을 유지했을 것이다. 지난 몇 년 동안 그는 자주 숨이 가빠지곤 했다.

몽수리 공원의 그랑 자동차 정비소 앞에 영국산 오픈카 한 대가 주차되어 있었다. 그는 그 차에 타서 열일곱 살 때 친구가 가르쳐주었던 것처럼 열쇠 없이 시동을 걸어보고 싶었다.

오를레앙 시문에서 그는 카페 테라스에 앉았다. 그는 책을 끝냈고, 몇 년 동안 감금된 후에 막 감옥에서 나온 듯한 야릇한 느낌에 사로잡혔다. 그는 어느 햇살 좋은 8월의 아침에 라상테 감옥의 문들을 열어젖히고, 그 앞에 서 있는 한 남자를 상상했다. 남자는 거리를 가로질렀고, 감옥 앞에 있는 카페로 들어가 테이블에 자리를 잡았다. 그러

---

* 파리 시내를 관통해 외곽으로 가는 고속철도(RER) B선 지하철역인 '시테 유니베르시테르 역'을 말한다. 1960년대 당시에는 파리 외곽 도시인 소(Sceaux)까지 간다고 해서 '소로 가는 노선Linge de Sceaux'이라고 불렸다.

자 보스망스는 어린 시절에 듣고 놀랐던, 평생 그를 쫓아다닌 짧은 문장을 다시 떠올렸다. "기가 감옥에서 막 나왔어."

잠시 망설인 후에, 그리고 그 남자에 대해서 계속 생각하면서 그는 곁에 다가온 종업원에게 주문했다. "생맥주 두 잔이요. 거품 없이 부탁드려요."

삼십 년이 지난 어느 봄날 오후에, 그는 여권을 새로 발급하는 데 필요한 출생증명서를 발급받기 위해 불로뉴빌랑쿠르 시청에 갔다. 시청에서 나오면서 오퇴유 시문까지 걸어가보자고 생각했다.

거기에서 대로를 가로지르면서 앞에 있는 뮈라 레스토랑의 유리 테라스를 알아봤다. 그러자 그날 밤의 일이 떠올랐다. 같은 장소에서, 유리를 사이에 두고 미셸 드 가마, 르네마르코 에리포르 그리고 필리프 헤이워드가 똑같은 테이블에 앉아 있던 밤. 지하철역까지 자신을 쫓아오던 미셸 드 가마의 모습도. 수년 전부터 그들을, 혹은 그들을 알았던 시절을 떠올리지 않았다. 너무 오래전 일이라 다른 사람이 그 시절을 살았던 것만 같았다.

갑자기 그는 다시 오지 않았던 길에 서 있음을 깨달았다. 삼십 년 전에 마르틴 헤이워드를 내려주었던 건물 문 앞에서 멈춘 것이다. 그녀의 소식도, 다른 이들의 소식도 들은 것이 없었다. 십오 년 전 샹젤리제의 윔피 레스토랑에서 보았던 르네마르코 에리포르를 제외하면. 그는 그의 옆에 앉았지만 그에게 말을 걸지는 않았다. 그리고 그 남자의 손목시계를 알아봤다. 어린 시절에 낯선 이가 사용법을 알려주었던 바로 그 '미군 군용 시계'였다. 이제 그는 그 낯선 이가 바로 에리포르라는 사실을 확신했다.

그는 건물로 들어가 관리실 유리문을 두드렸다. 삼십 대로 보이는 남자가 얼굴을 드러내며 문을 살짝 열었다.

"무슨 일이시죠?"

"한 가지 확인하고 싶어서요. 에리포르 씨가 아직 4층에 사나요?"

"6개월 전부터 임대하려고 내놓았어요."

그런데 어떻게 이 남자는 에리포르라는 이름을 알아들었을까? 그 시절에 태어나지도 않았을 텐데.

"임대요?"

상대가 놀랐을 정도로 강력한 어조로 말을 했다.

"그 집에 관심이 있으세요? 한번 보실래요?"

"좋죠."

경비는 보스망스가 지나갈 수 있도록 엘리베이터 유리 문을 밀어 열었다. 그리고 4층 버튼을 눌렀다.

엘리베이터는 삼십 년 전처럼 천천히 올라갔다.

"옛날 엘리베이터네요." 보스망스가 말했다.

"맞아요, 옛날 엘리베이터예요." 경비가 그 말을 그대로 반복했지만, 보스망스가 한 말을 이해한 것 같지는 않았다. 보스망스는 이렇게 세월이 흘렀는데, 킴과 아이는 어떻게 되었을지 궁금했다. 그래서 엘리베이터가 멈추었다는 생각이 들 만큼 공허감을 느꼈다.

하지만 4층에 도착했을 때, 그래서 수위가 주머니에서 열쇠를 꺼내 열쇠 구멍에 밀어 넣었을 때, 보스망스는 그의 어깨를 짚으며 말했다.

"아니… 죄송합니다… 그럴 필요 없어요…."

그러고는 경비가 몸을 돌리기도 전에 계단을 뛰어 내려갔다.

다음 날 밤, 그는 꽤 긴 꿈을 꾸었다. 전날 그랬던 것처럼, 층계참에 경비를 남겨두고 오퇴유의 아파트 계단을 뛰어 내려왔다. 그러고 나서 그는 건물 앞에 세워둔 마르틴 헤이워드의 차에 올라탔다. 자동차 열쇠는 계기판 위에 있었다. 그는 삼십 년 전에 카미유와 마르틴 헤이워드와 함께, 그리고 마르틴 헤이워드와 단둘이서 갔던 바로 그 길을 따라갔다.

이내 어떤 경계를 넘어서는 느낌이 들었고, 슈브뢰즈 계곡에 도착했다고 생각했다. 익숙한 풍경과 갑자기 사로잡는 듯한 신선한 공기 때문이 아니었다. 하지만 그는 시간이 정지해 있는 지대에 들어섰고, 손목시계의 바늘이 멈춘 것을 보고 그것을 확인했다.

길을 따라 계속 나아갈수록, 그는 시간이 멈춘 것이 아니라 그저 어린 시절의 끝나지 않던 여름, 그 오후의 한복판으로 되돌아온 느낌이었다. 시간이 멈춘 것이 아니라 그저 정지된, 그러니까 우물의 가장자리를 불규칙하게 돌아다니는 개미를 바라보며 몇 시간을 보내던 어린 시절로.

그는 슈브뢰즈를 지나 물랭드베르쾨르 호텔 겸 레스토랑으로 이어지는 커다란 숲길로 접어들고 싶었지만 그만두었다. 호텔 겸 레스토랑은 숲의 식물들로 뒤덮였을 것이다. 특히 16호실은.

몇 킬로미터를 더 나아갔다. 거리가 더 짧게 느껴졌다. 이미 그는 시청과 건널목을 뒤로했다. 철길에 인접한 공원을 지난 후에, 작은 역의 덧창들이 닫혀 있는 것을 확인했다.

그는 독퇴르퀴르젠 가에 차를 세웠다. 그는 집 안으로 들어가겠다고 단단히 마음먹었다. 삼십 년이나 지났는데 무엇이 두렵겠는가? 그는 초인종을 눌렀다. 오퇴유 아파트의 초인종을 눌렀던 삼십 년 전 그날처럼 킴이 문을 열었다. 그녀는 여전히 똑같았다. 미소를 지으며 조용히 있었다. 간혹 꿈속에서만 만났을 뿐 살면서 결코 다시 만나지 못한 예전에 알던 사람들처럼. 아이는 어디에 있느냐고 물었지만, 그녀는 대답하지 않았다.

그는 아주 빠르게 계단을 올라갔다. 2층은 피하고 싶었다. 2층에는 그가 사용했던 방과 로즈마리 크라웰이나 기뱅상이 그 집에 머물 때 묵던 방이 있었다.

그는 바로 3층으로 올라가 지붕 창문이 있는 방으로 들어갔다. 벽은 여전히 하얗고 매끄러웠다. 구멍을 뚫고 벽돌 공사를 했던 바로 그 위치마저도. 이제 그 위치를 아는 사람은 오로지 그뿐이다. 그리고 기 뱅상의 보물은 그 벽속에 영원히 묻혀 있을 것이다. 표면을 긁으면 납덩이에 불과했던 금괴들. 이제는 통용되지 않는 암시장 시절의 지폐 뭉치로 가득한 우편 가방들. 당시에는 '연한 빛깔 밀매'라고 불렸던 미국 담배가 든 낡은 상자들.

그는 지붕 창문을 올려다보았다. 포플러 나무 우듬지의 가지들이 부드럽게 살랑거렸다. 나무가 그에게 신호를 보냈다. 비행기 한 대가 꽁무니에 하얀 줄을 남기면서 파란 하늘에서 천천히 움직였다. 하지만 비행기가 길을 잃은 것인지, 과거에서 왔는지, 과거로 되돌아가는 것인지는 알 수 없었다.

옮긴이의 말

망각이라는 거대한 흰 종이 앞에서, 반쯤 지워진 단어
들을 다시 끄집어내는 것이 바로 소설가의 사명일 것입
니다.

파트릭 모디아노

　파트릭 모디아노는 2014년 '기억의 예술을 통해 불가
해한 인간의 운명을 소환하고 독일 점령기 프랑스의 현실
을 드러냈다'는 찬사를 받으며 노벨문학상을 수상했다.
모디아노의 작품 세계를 적확하게 표현한 노벨상 선정 이
유를 확인하면서, 그의 작품을 읽을 때마다 품었던 의문
이 다시 떠올랐다. 1945년에 태어나 독일 점령기 프랑스

를 체험한 적 없는 모디아노가 소설의 무대를 그 시대로 잡은 까닭은 무엇일까? 작가 스스로 '난생처음으로 많은 관객 앞에서 말해본다'며 밝힌 수상 연설에서 오랜 질문의 답을 발견했다. 독일 점령기를 살았던 부모 세대는 그 시절을 잊고 싶어하는 사람들처럼 침묵으로 일관했고, 그 침묵 속에서 자신도 그 시대를 살았던 사람처럼 문득 모든 것을 알아차렸다고. 모디아노는 '점령 시대 기묘한 파리'의 분위기에 대해 이야기하며 우연한 만남 혹은 불행한 만남을 통해 아이들이 태어났고, 자신도 그중 하나라고 고백한다. 자신에게 있어 점령기의 파리는 '원초적인 밤'이며 그 시대가 없었다면 태어나지 못했을 운명이고, 시대의 흔적을 내면에 깊이 새기고 있었기에 작품에서 점령기의 파리 이야기를 할 수밖에 없었다고 강조한다. 여기에 모디아노의 개인적인 아픔이 더해진다.

극도로 혼란스러운 시기에는 종종 무모한 만남이 일어나기 마련이다. 그래서 나는 한 번도 자신이 정당한 자식이라고 느낀 적이 없었고, 그들의 피를 이어받은 혈육이라는 느낌은 더욱 없었다.*

자신만의 스타일을 포기하면서까지 쓴 자전적 소설 『혈통』에서 모디아노는 부모의 만남을 '무모한 만남'으로 표현하며, 학대에 가까울 정도로 방치되었던 어린 시절의 상처를 담담하게 풀어냈다. 아버지는 정확히 알 수 없는 수상한 일을 했고, 배우였던 어머니는 순회공연 때문에 밖으로만 돌았다. 어린 모디아노는 어머니 지인들의 집에 몇 개월씩 위탁되며 지극히 불안정한 어린 시절을 보냈다. 기숙사에 들어갈 나이가 되어서부터는 여러 기숙학교를 전전했다. 기숙학교에서 도망치기라도 하면 아버지는 더 먼 기숙학교로 모디아노를 보내버렸다. 그가 다섯 살의 나이로 동생과 함께 세례를 받을 때 부모는 참석조차 하지 않았고, 학교에서 혼자 집으로 돌아가다 소형 트럭에 치이기까지 했다. 운전사가 어린 모디아노를 급히 수녀원으로 데려갔고, 수녀들은 에테르를 적신 천을 얼굴에 가져다 대어 그를 진정시켰다. 그가 에테르 냄새에 지나치게 민감해진 까닭이고, 『기억으로 가는 길』에서 카미유가 의도적으로 방 안에 에테르 향이 감돌게 한 이유다. 에테르는 모디아노에게 '기억'과 '망각'을 동시에 상징한다.

* 파트릭 모디아노, 『혈통Pedigree』, Gallimard, coll.folio, p.7.

모디아노는 일곱 살이 되던 해에 어머니 친구의 집인 주이앙조자스의 독퇴르퀴르젠 가 38번지에서 동생과 함께 살았다. 그리고 몇 해를 파리에서 지내다 다시 독퇴르퀴르젠 가 인근의 공립학교에 들어가 기숙사 생활을 했다. 주말이 되어 기숙사를 나가 두 살 어린 동생과 시간을 보내는 것이 그의 유일한 즐거움이었지만, 동생은 어느 날 갑작스럽게 죽음을 맞이하고 만다. 동생의 죽음은 모디아노에게 어린 시절의 끝을 알리는 신호탄과도 같았다. 『기억으로 가는 길』은 바로 그 시절의 이야기이다. 어린 나이에 어머니의 친구 집에 맡겨진 아이, 수상한 사람들이 밤낮으로 오가는 낯설고 무서운 분위기…. 하지만 어떤 질문도 할 수 없었으며 누구의 관심도 받지 못한 채 아이는 그 시절의 두려움과 호기심을 뭉뚱그려 꿈처럼 몽롱하게 새긴 채 어른이 되었다. 그렇게 십오 년의 세월이 지나 그를 두렵게 했던 이들이 유령처럼 그의 앞에 모습을 드러낸다. 그들은 그를 과거로 밀어붙이며 기억을 종용한다.

프루스트의 『잃어버린 시간을 찾아서』에서 마르셀이 홍차에 적신 마들렌을 먹으며 의도하지 않게 어린 시절의 기억을 떠올렸다면, 『기억으로 가는 길』의 장 보스망스는

'슈브뢰즈'라는 단어를 듣고 연결된 기억들을 연쇄적으로 떠올린다. 실제로 코로나 바이러스가 한창 유행하던 시절, 모디아노는 가족과 함께 우연하게도 슈브뢰즈 계곡 근처에서 한동안 격리 생활을 했다. 옴짝달싹할 수 없는 상황 속에서 그 지명이 어떤 기억을 자극했던 것일까. 결국 모디아노는 자신의 문학적 분신과도 같은 장 보스망스를 내세워 기억 속의 장소로 돌아간다. ('장 보스망스'라는 이름은 이미 『지평』에도 등장한 바 있으며, 모디아노는 작품 속 주인공들을 자신의 두 번째 이름인 '장Jean'으로 곧잘 호명했다.)

작가 자신이 팬데믹이라는 외부적인 요인 때문에 슈브뢰즈 인근에 발이 묶였듯, 장 보스망스는 자신의 의도와 상관없이 타인들에 의해, 두려움과 의혹으로 남아 있던, 어쩌면 다시 가고 싶지 않았던 그 장소로 돌아간다. 강압적으로 타임머신에 태워진 사람처럼. "마치 어린 시절처럼 그의 의사와는 상관없이, 그도 그 망의 일원이 되었다." 유령들이 친 거미줄에 걸렸다는 사실을 인지하지만, 이제 그는 오래전의 무력한 아이가 아니다. 거미줄에서 빠져나올 수 있는 유일한 방법은 자신의 실을 던져 그 실을 붙잡고 나오는 것임을 이제 그는 안다, "상황을 분명하게" 보기 위해 그는 소설을 쓴다. "유령들을 완전히 무해하게 만들고 그들과 거리를 유지하는 최선의 방책은 그들을 소설 속 인물로 만들어버리는 것"이니까.

저는 제 어린 시절의 몇 가지 사건들이 나중에 제가 쓸 책의 기원이 되었다고 생각합니다. 저는 대부분의 시간을 부모님과 떨어져 지냈습니다. 부모님 친구들의 집에 맡겨졌습니다. 그곳들은 제게 너무나 생소했고, 지역과 집을 수시로 옮겨야 했습니다. 그때는 아이였기 때문에 무엇이 이상한지도 알지 못했습니다. 아무리 특이한 상황에 처해도 그저 받아들였습니다. 하지만 한참 시간이 흐르고 나자 제 어린 시절이 수수께끼처럼 느껴졌습니다. 그래서 부모님이 저를 맡긴 사람들이 누구였는지, 끊임없이 옮겨 다니던 장소가 정확히 어디인지 알아보려고 했습니다. 하지만 그들 중 정체를 확인한 사람은 거의 없었고, 과거에 지내던 집이 있던 장소들도 정확하게 찾을 수 없었습니다. 이러한 수수께끼를 제대로 풀지 못한 채, 해결하겠다는 의지와 미스터리를 밝히려는 시도가 글을 쓰고 싶다는 열망이 되었습니다. 글쓰기와 상상력이 수수께끼와 미스터리를 해결해주기라도 할 것처럼 말입니다.*

　모디아노에게 있어 '기억으로 가는 길'은 향수에 젖어 지난날을 찾아가는 것이 아니다. 오히려 몽유병자처럼 살아온 과거를 이해하겠다는 욕망으로 시간을 거슬러 올라가는 고통스러운 여정에 가깝다. 그런 이유 때문인지 장 보스망스는 기억의 탐색을 시작할 때부터 마지막 순간까지 여러 번 "그런데 그 아이는 어떻게 되었을까?" 하고 묻는다. 밤마다 수상쩍은 사람들이 몰려드는 아파트에 살고 있는 아이는 어쩌면 어린 시절 그 자신의 모습이었기에. 다행히 그 아이에게는 킴이라는 보호자가 있다. 킴과 함께 있는 순간은 보스망스에게 파리에서 가장 아름다운 봄날이 된다.

*

　프랑스 문학을 공부하고 번역하는 사람으로서 언젠가 모디아노의 작품을 꼭 한 번 번역해보고 싶었다. 하지만

*2014년 노벨문학상 수상 연설에서

삶이란 어쩌면 하고 싶은 것과 잘할 수 있는 것 사이의 괴리를 알고 메우는 일이 아닐까 생각하게 되는 요즘이다. 번역이 쉬웠던 적은 지금껏 단 한 번도 없지만 그럼에도 『기억으로 가는 길』은 195센티미터의 모디아노라는 산을 넘는 듯 유난히 힘겨웠다. 오십 년 전 과거와 그보다 더 어린 시절로 시간의 층을 겹겹이 뚫고 들어가며 화자가 아닌 작중 인물의 심리를 표현하기 위해 사용한 조건법 시제를 놓치지 않기 위해 매번 주의를 기울여야 했고, 자전적인 이야기를 하면서도 장 보스망스라는 인물을 내세워 3인칭으로 서술한 독특한 이야기 방식이 전해질 수 있도록 노력했다. 작품의 원제인 '슈브뢰즈'라는 단어의 발음이 전하는 음악적인 느낌을 비롯해 시인을 꿈꾸었으며 문학에서도 '입 다물기의 기술'이 필요하다고 강조하는 모디아노의 간결한 문체를 옮기며, 차를 몰고 살얼음판을 달리는 기분이 들기도 했다. 앞은 보이지 않고 뒤로 돌아갈 수도 없지만 그저 앞으로 나아가야만 하는. 하지만 어쩌겠는가. 모디아노의 말처럼 번역도 글쓰기라면, 언젠가는 안개가 걷히고 굽이치던 길도 곧아질 거라고 스스로 되뇌며 나는 그가 만든 미로를 기꺼이 헤매야 했다.

『기억으로 가는 길』은 레모에서 진행한 '프랑스어 원서 읽기 모임'의 결과물이기도 하다. 매주 화요일 저녁에 온라인으로 모여 몇 달 동안 함께 이 책을 읽어준 참여자 여러분께 감사의 인사를 전한다. 리옹에 체류하는 동안 번역 대부분을 했다. 그 시간을 함께 보내며, 모호한 문장을 만날 때마다 명료하게 만들어준 아들에게 고마움을 전한다. 『기억으로 가는 길』은 리옹의 강변을 달리고, 걷던 시간, 무엇보다 아이와 단둘이 함께한 시간들로 나를 이끈다. 힘겹게 레이스를 마치고 숨을 몰아쉬며 결과물을 내놓는 지금, 그래도 한 가지는 분명히 말할 수 있다. 『기억으로 가는 길』을 통해 우리는 마침내 파트릭 모디아노라는 작가를 알게 될 것이다. 그가 왜 글을 썼는지, 그가 어째서 자기자신의 탐정이어야만 했는지 깨닫게 될 것이다. 어쩌면 용기를 내어 '자신의 삶'이라는 영원한 미스터리 속으로 과감히 들어가보게 될지도 모른다.

어린 시절의 기억과 인생의 무상을 노래한 릴케의 시로 시작한 제사題詞부터, 빛과 어둠의 대조, 인생이라는 사계를 떠올리며 느끼는 봄과 여름이라는 계절의 감각, 그리고 모디아노가 좋아하는 글쓰기 방식인 '미장아빔*'에 이르기까지, 이 짧은 소설에는 이야기할 수 있는 것들이 정말이지 차고 넘친다. 노벨문학상 수상 연설에서 모디아노는 작가보다 그 책에 대해 더 많이 알고 있는 것은 독자이며, 독자가 책에 서서히 스며들 수 있도록 충분한 여지를 마련해야 한다고 강조했다. 부족한 번역이 부디 작가의 바람에 부합하길 바라며, 이만 '입 다물기의 기술'을 실천해보려 한다.

* 이야기 속 이야기. 액자구조라고도 불린다. 앙드레 지드가 처음 사용한 용어로, 여기서 미장(mise en)은 '~에 넣다'를 의미하며, 아빔(abyme)은 가문을 상징하는 방패 모양의 문장(紋章) 중심부를 가리킨다. 소설 속에서 미셸 드 가마가 끼고 있던 반지 역시 같은 역할을 한다. '미장아빔' 기법을 통해 작가가 기대하는 것은 거울 효과이다. 둘러싸고 있는 글과 그 안에 있는 글이 거울처럼 주고받는 영향을 살펴보는 일은 독자에게 더없이 흥미로운 작업이 된다.

옮긴이 윤석헌

대학에서 프랑스 문학을 공부했고, 프랑스 문학이 좋아 출판사까지 냈다. 다양한 프랑스 문학을 국내에 소개하려 노력하고 있다. 옮긴 책으로 아니 에르노의 『사건』, 『젊은 남자』, 호르혜 셈프룬의 『잘 가거라, 찬란한 빛이 여……』, 크리스텔 다보스의 『거울로 드나드는 여자』, 델핀 드 비강의 『충실한 마음』, 『고마운 마음』, 조르주 페렉의 『나는 태어났다』, 앙드레 지드의 『팔뤼드』 등이 있다.

기억으로 가는 길

초판 1쇄 발행   2024년 10월 10일

지은이   파트릭 모디아노
옮긴이   윤석헌

펴낸이   윤석헌
편집   이승희
디자인   강혜림
제작처   재영 P&B

펴낸곳   레모
출판등록   2017년 7월 19일 제 2017-000151 호
주소   서울시 서초구 서초대로 33길 99, 201호
전자우편   editions.lesmots@gmail.com
인스타그램   @ed_lesmots

ISBN   979-11-91861-38-9 03860